U0037542

いらっしゃいませ！

歡迎光臨！
日語小食堂

美食特選單字・TOP人氣料理

從和風到洋食
帶您走進美食日語的遊樂園！

附・中日對照
QR Code線上音檔

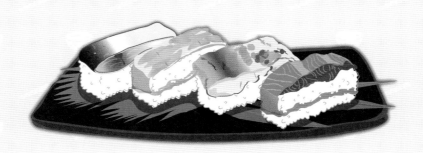

賴巧凌 ——— 著
中間多惠 ——— 審校
小林肉包子—插畫

笛藤出版

五十音圖表 let's study the Japanese alphabet あいうえお！

平仮名と片仮名

●日文字母順序照あいうえお……排列
●日文字母分平假名和片假名，() 部份爲片假名
●片假名常用於外來語

1.清音

行 ／ 段	あ (ア) 段	い (イ) 段	う (ウ) 段	え (エ) 段	お (オ) 段
あ (ア) 行	あ (ア) a	い (イ) i	う (ウ) u	え (エ) e	お (オ) o
か (カ) 行	か (カ) ka	き (キ) ki	く (ク) ku	け (ケ) ke	こ (コ) ko
さ (サ) 行	さ (サ) sa	し (シ) shi	す (ス) su	せ (セ) se	そ (ソ) so
た (タ) 行	た (タ) ta	ち (チ) chi	つ (ツ) tsu	て (テ) te	と (ト) to
な (ナ) 行	な (ナ) na	に (ニ) ni	ぬ (ヌ) nu	ね (ネ) ne	の (ノ) no
は (ハ) 行	は (ハ) ha	ひ (ヒ) hi	ふ (フ) fu	へ (ヘ) he	ほ (ホ) ho
ま (マ) 行	ま (マ) ma	み (ミ) mi	む (ム) mu	め (メ) me	も (モ) mo
や (ヤ) 行	や (ヤ) ya		ゆ (ユ) yu		よ (ヨ) yo
ら (ラ) 行	ら (ラ) ra	り (リ) ri	る (ル) ru	れ (レ) re	ろ (ロ) ro
わ (ワ) 行	わ (ワ) wa				
ん (ン) 行	ん (ン) n				

2.濁音

が (ガ) 行	が (ガ) ga	ぎ (ギ) gi	ぐ (グ) gu	げ (ゲ) ge	ご (ゴ) go
ざ (ザ) 行	ざ (ザ) za	じ (ジ) zi	ず (ズ) zu	ぜ (ゼ) ze	ぞ (ゾ) zo
だ (ダ) 行	だ (ダ) da	ぢ (ヂ) ji	づ (ヅ) zu	で (デ) de	ど (ド) do
ば (バ) 行	ば (バ) ba	び (ビ) bi	ぶ (ブ) bu	べ (ベ) be	ぼ (ボ) bo

3.半濁音

ぱ (パ) 行	ぱ (パ) pa	ぴ (ピ) pi	ぷ (プ) pu	ぺ (ペ) pe	ぽ (ポ) po

Introduction 前言

「今夜の御注文はどっち？」（今晚，你想點哪道呢？）

相信愛吃的你也常常盯著電視機，看著熱鬧滾滾的日本美食秀垂涎不已，和來賓們一樣掙扎著不知到底要選哪道吧？

在台灣，學日語是件非常幸福的事，有日本電視台不停地播送日語原音的綜藝美食秀、日劇等，日語的學習資源可說是非常豐富。所以千萬不要浪費這麼寶貴的資源善加利用，讓你不用到日本也能學習到最貼近當地生活的道地日語喲！

●日本綜藝美食秀—最佳的聽力教材！

有沒有發現？日本綜藝美食秀就是最活潑生動的日語聽力教材之一呢！以目前播放的日本節目來說，美食類還是佔大多數，畢竟「民以食為天」吧！日常生活總是離不開吃，就連日劇也時常以美食為主題貫穿全劇。尤其現在科技發達，你可以將喜歡的美食節目用錄音機、錄音筆…等，將節目的聲音錄製下來反覆聆聽，如此就成為最佳的聽力教材之一囉！你會發現抽掉畫面的輔助，只聽節目的對白是完全不同的感覺，你會更專心於日語是如何地表現，尤其節目都是以正常說話速度進行，反覆聆聽可訓練日語語感的適應能力，面對現實生活快速的日語對話速度將不再懼怕，而且節目熱鬧的氣氛及音效絕對比一般日語教材精彩數倍！

●TV美食秀曝光率最高「人氣美食排行榜Top 40」！

本書將日本電視台曝光率最高的關鍵美食Top 40，分為和食、中華、洋食、麵包‧甜點四大類，針對每道美食列出必學美味名詞、動詞、食感句及實況對話，再搭配生動插畫幫助記憶，相信掌握關鍵語句，就能輕易突破聽力關卡！除了增進聽力，無形中也可同時提升會話能力，當你和日本友人一同聚餐時，運用豐富的食感語句表現，不但能彼此流暢地交流感受，也能讓餐桌間的氣氛更顯熱鬧！

●「美食特選單字」＆「日本美食遊園地」

特別製作「美食特選單字」＆「日本美食遊園地」兩大單元，分門別類介紹最常用的美食單字及日本各地著名美食特產，並附地圖及地名說法……等。全書日文皆附羅馬拼音，縱使無日文基礎，也能輕鬆學習！再搭配本書的MP3聽力教材，看完本書就如同享受一場最豪華的美食日語聽力饗宴！

準備好一起飽餐一頓了嗎？「いただきます～開動囉～！」

Contents 目錄

先修班 ●美食特選單字

進階班 ●TV曝光率最高，人氣美食排行榜！

Contents 目錄

實力UP!班 ●日本美食遊園地 附日本地圖

先修班

美食特選單字
Gourmet Vocabulary

001

廚房料理用具大集合！

搞清楚做出美味料理的必備武器

——鍋、碗、瓢、盆…，

是聽懂美食日語的第一步喲！

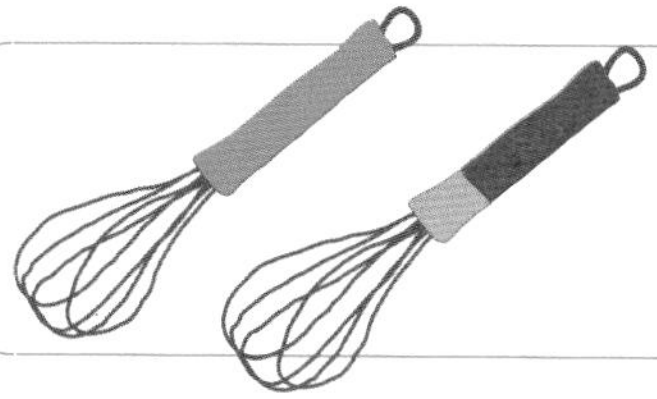

あわだ　き
泡立て器
a.wa.da.te.ki
攪拌器

いた
まな板
ma.na. i.ta
砧板

き
こし器
ko.shi.ki
過濾器

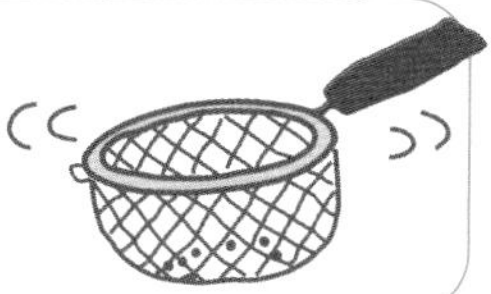

ざる
za.ru
竹簍

き
おろし器
o. ro .shi .ki
磨泥器

ふきん
fu.ki.n
抹布

food processor
フードプロセッサー
fu.u.do.pu.ro.se.s.sa.a
食物處理器

ほうちょう
包丁
ho.o. cho.o
菜刀

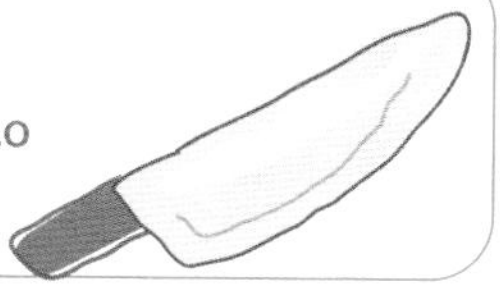

hand mixer
ハンドミキサー
ha.n.do.mi.ki.sa.a
電動攪拌器

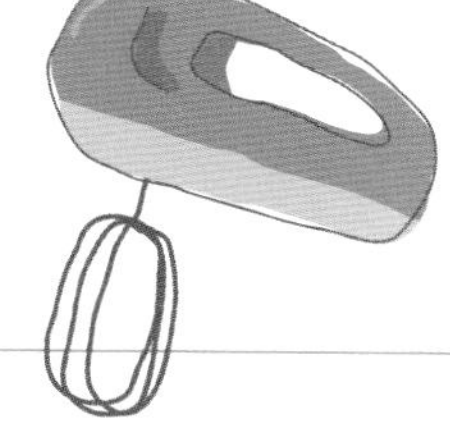

timer
タイマー
ta.i.ma.a
計時器

frypan
フライパン
fu.ra.i.pa.n
炒鍋

ちゅうか なべ
中華鍋
chu.u.ka.na.be
中華鍋

はけ
ha.ke
刷子

ぼう
めん棒
me.n.bo.o
擀麵棍

ばち　　　　ぎ
すり鉢＆すりこ木
su.ri.ba.chi＆su.ri.ko.gi
研磨鉢＆研磨棒

せいろ
se.i.ro
蒸籠

oven toaster
オーブントースター
o.o.bu.n.to.o.su.ta.a
烤箱

paper towel
ペーパータオル
pe.e.pa.a.ta.o.ru
餐巾紙

廚房料理用具大集合！

焼き網
ya.ki.a.mi
烤網

玉じゃくし
ta.ma.ja.ku.shi
湯杓

spoon
スプーン
su.pu.u.n
湯匙

knife　fork
ナイフ・フォーク
na.i.fu　fo.o.ku
刀子・叉子

glass
グラス
gu.ra.su
酒杯・玻璃杯

荷cop
コップ
ko.p.pu
酒杯・玻璃杯

bowl
ボール
bo.o.ru
攪拌碗

コテ
ko.te
鏟子

箸
ha.shi
筷子

皮むき器
ka.wa.mu.ki.ki
削皮器

kitchen
キッチンばさみ
ki.t.chi.n.ba.sa.mi
廚房用剪刀

栓抜き
se.n.nu.ki
開瓶器

缶切り
ka.n.ki.ri
開罐器

tongs
トング
to.n.gu
夾子

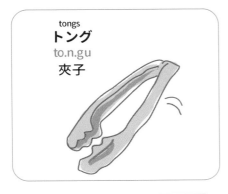

鍋つかみ
na.be.tsu.ka.mi
隔熱手套

木べら
mo.ku.be.ra
木匙

gum
ゴムベラ
go.mu.be.ra
橡皮刮刀

palette knife
パレットナイフ
pa.re.t.to.na.i.fu
刮刀

scraper
スケッパー
su.ke.p.pa.a
刮板

營養滿點蔬果園

營養滿點、色彩鮮艷的各式蔬菜水果是大地的豐沛恩賜。

想聽懂日本美食節目、看懂日本食譜的話，

就好好記住以下這些出現率最高的蔬果名哦！

蔬菜類

ほうれん草（そう）
ho.o.re.n.so.o
菠菜

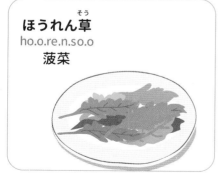

チンゲンサイ
chi.n.ge.n.sa.i
青江菜

春菊（しゅんぎく）
shu.n.gi.ku
茼蒿

豆苗（とうみょう）
to.o.myo.o
豆苗

cabbage
キャベツ
kya.be.tsu
高麗菜

cauliflower
カリフラワー
ka.ri.fu.ra.wa.a
花椰菜

broccoli
ブロッコリー
bu.ro.k.ko.ri.i
綠花椰

parsley
パセリ
pa.se.ri
荷蘭芹

lettuce
レタス
re.ta.su
萵苣

asparagus
アスパラガス
a.su.pa.ra.ga.su
蘆筍

はくさい
ha.ku.sa.i
白菜

tomato
トマト
to.ma.to
番茄

きゅうり
kyu.u.ri
小黃瓜

celery
セロリ
se.ro.ri
芹菜

かぼちゃ
ka.bo.cha
南瓜

なす
na.su
茄子

さやいんげん
sa.ya.i.n.ge.n
四季豆

さやえんどう
sa.ya.e.n.do.o
荷蘭豆

だいこん
大根
da.i.ko.n
白蘿蔔

營養滿點蔬果園

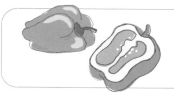

ピーマン
pi.i.ma.n
青椒

かぶ
ka.bu
蕪菁

ごぼう
go.bo.o
牛蒡

にんじん
ni.n.ji.n
紅蘿蔔

れんこん
re.n.ko.n
蓮藕

山芋
ya.ma.i.mo
山藥

里芋
sa.to.i.mo
小芋頭

さつま芋
sa.tsu.ma.i.mo
蕃薯

たけのこ
ta.ke.no.ko
竹筍

じゃが芋
ja.ga.i.mo
馬鈴薯

アロエ
a.ro.e
蘆薈

ねぎ
ne.gi
蔥

玉ねぎ
ta.ma.ne.gi
洋蔥

グリーンピース
gu.ri.i.n.pi.i.su
青豆

にら
ni.ra
韭菜

枝豆
え だ まめ
e.da.ma.me
毛豆

そら豆
まめ
so.ra.ma.me
蠶豆

しょうが
sho.o.ga
薑

にんにく
ni.n.ni.ku
大蒜

もやし
mo.ya.shi
豆芽

しその葉
は
shi.so.no.ha
紫蘇葉

とうもろこし
to.o.mo.ro.ko.shi
玉米

わさび
wa.sa.bi
山葵

きくらげ
ki.ku.ra.ge
木耳

okra
オクラ
o.ku.ra
秋葵

椎茸
しい たけ
shi.i.ta.ke
香菇

mushroom
マッシュルーム
ma.s.shu.ru.u.mu
蘑菇

エリンギ
e.ri.n.gi
杏鮑菇

えのき
e.no.ki
金針菇

しめじ
shi.me.ji
鴻禧菇

海中珍寶～海藻類

わかめ
wa.ka.me
裙帶菜

こんぶ
ko.n.bu
昆布

_{あおのり}
青海苔
a.o.no.ri
青海苔

_や焼きのり
ya.ki.no.ri
烤海苔片

ひじき
hi.ji.ki
羊栖菜

_{かんてん}
寒天
ka.n.te.n
洋菜

ところてん
to.ko.ro.te.n
石花菜

天然甜點～水果類

リンゴ
ri.n.go
蘋果

みかん
mi.ka.n
柑橘

_{かき}
柿
ka.ki
柿子

banana
バナナ
ba.na.na
香蕉

_{きんかん}
金柑
ki.n.ka.n
金桔

avocado
アボカド
a.bo.ka.do
酪梨

kiwi fruit
キウイフルーツ
ki.u.i.fu.ru.u.tsu
奇異果

なし **梨** na.shi 梨	blueberry **ブルーベリー** bu.ru.u.be.ri.i 藍莓	**さくらんぼ** sa.ku.ra.n.bo 櫻桃

papaya **パパイヤ** pa.pa.i.ya 木瓜	**いちご** i.chi.go 草莓

pineapple **パイナップル** pa.i.na.p.pu.ru 鳳梨	mango **マンゴー** ma.n.go.o 芒果

orange **オレンジ** o.re.n.ji 柳橙	**ぶどう** bu.do.o 葡萄	**すいか** su.i.ka 西瓜

passion fruit **パッションフルーツ** pa.s.sho.n.fu.ru.u.tsu 百香果	もも **桃** mo.mo 桃

grapefruit **グレープフルーツ** gu.re.e.pu.fu.ru.u.tsu 葡萄柚	melon **メロン** me.ro.n 哈密瓜

ゆず yu.zu 柚子	lemon **レモン** re.mo.n 檸檬

元氣健康生力軍！
堅果・豆・蛋・奶・粉類

雖然在主食中常常擔任配角的地位，
但這群生力軍的營養價值和美味絕不遜色喲！
正可說是小兵立大功呢！

粒粒繽紛、口感十足
堅果・豆類

almond
アーモンド
a.a.mo.n.do
杏仁果

peanut
ピーナッツ
pi.i.na.t.tsu
花生

pistachio
ピスタチオ
pi.su.ta.chi.o
開心果

くるみ
ku.ru.mi
核桃

くり
栗
ku.ri
栗子

ごま
go.ma
芝麻

あずき
小豆
a.zu.ki
紅豆

りょくとう
緑豆
ryo.ku.to.o
綠豆

あか
赤えんどう
a.ka.e.n.do.o
紅豌豆

だい ず
大豆
da.i.zu
大豆

讓你健康又長壽！
花樣繁多的大豆＆蒟蒻製品

絹ごし豆腐
ki.nu.go.shi.do.o.fu
絹豆腐

もめん豆腐
mo.me.n.do.o.fu
木綿豆腐(百頁豆腐)

油揚げ(薄揚げ)
a.bu.ra.a.ge(u.su.a.ge)
油豆腐皮

生揚げ(厚揚げ)
na.ma.a.ge(a.tsu.a.ge)
油豆腐

凍り豆腐
ko.o.ri.do.o.fu
凍豆腐

がんもどき
ga.n.mo.do.ki
青菜絲油豆腐

湯葉
yu.ba
豆腐皮

納豆
na.t.to.o
納豆

こんにゃく
ko.n.nya.ku
蒟蒻

しらたき
shi.ra.ta.ki
蒟蒻絲

豆乳
to.o.nyu.u
豆漿

營養滿點！
蛋＆蛋製品

玉子
ta.ma.go
蛋

元氣健康生力軍！堅果・豆・蛋・奶・粉類

卵黄（らんおう）
ra.n.o.o
蛋黃

卵白（らんぱく）
ra.n.pa.ku
蛋白
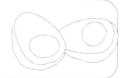

うずらのたまご
u.zu.ra.no.ta.ma.go
鵪鶉蛋

卵豆腐（たまごどうふ）
ta.ma.go.do.o.fu
蛋豆腐

元氣一番乳製品

butter
バター
ba.ta.a
奶油

牛乳（ぎゅうにゅう）
gyu.u.nyu.u
牛奶

margarin
マーガリン
ma.a.ga.ri.n
乳瑪琳

法 mayonnaise
マヨネーズ
ma.yo.ne.e.zu
美乃滋

なま cream
生クリーム
na.ma.ku.ri.i.mu
鮮奶油

cheese
チーズ
chi.i.zu
起司

ヨーグルト
yoghourt
yo.o.gu.ru.to
優格

アイスクリーム
ice cream
a.i.su.ku.ri.i.mu
冰淇淋

サワークリーム
sour cream
sa.wa.a.ku.ri.i.mu
酸奶油

廚房少不了的—
料理魔法粉類

パン粉
葡pāo こ
pa.n.ko
麵包粉

片栗粉
かたくりこ
ka.ta.ku.ri.ko
太白粉

白玉粉
しらたまこ
shi.ra.ta.ma.ko
糯米粉

小麦粉
こむぎこ
ko.mu.gi.ko
麵粉

薄力粉
はくりきこ
ha.ku.ri.ki.ko
低筋麵粉

強力粉
きょうりきこ
kyo.o.ri.ki.ko
高筋麵粉

コーンスターチ
corn starch
ko.o.n.su.ta.a.chi
玉米粉

きな粉
こ
ki.na.ko
日式黃豆粉

重曹
じゅうそう
ju.u.so.o
小蘇打

ホットケーキミックス
hot cake mix
ho.t.to.ke.e.ki.mi.k.ku.su
鬆餅粉

海之珍饈

來自浩瀚海洋的孕育恩惠，各式海鮮魚貝類在日本人的精心料理下，
呈現出最天然的原始鮮活風味。
想了解日本美食，一定要先熟記海鮮魚貝類的相關字彙哦！

跟著漁夫捕魚去！

りょう し **漁師** ryo.o.shi 漁夫	ぎょせん **漁船** gyo.se.n 漁船	ぎょじょう **漁場** gyo.jo.o 漁場
あみ う **網打ち** a.mi.u.chi 撒網捕魚	なみ **波** na.mi 波浪	うず ま **渦巻き** u.zu.ma.ki 漩渦

たいりょう **大漁** ta.i.ryo.o 大豐收	にほんかい **日本海** ni.ho.n.ka.i 日本海	たいへいよう **太平洋** ta.i.he.i.yo.o 太平洋

哇！大豐收！
看看捕到哪些活跳跳的海鮮囉！

いわし **鰯** i.wa.shi 沙丁魚	さば **鯖** sa.ba 鯖魚	あじ **鯵** a.ji 竹筴魚

かつお
鰹
ka.tsu.o
鰹魚

たい
鯛
ta.i
鯛魚

まぐろ
鮪
ma.gu.ro
鮪魚

えび
海老
e.bi
蝦

いか
i.ka
烏賊

たこ
蛸
ta.ko
章魚

ほたてがい
帆立貝
ho.ta.te.ga.i
扇貝

あさり
浅蜊
a.sa.ri
海瓜子

海之珍饈

牡蛎
かき
ka.ki
牡蠣

ししゃも
shi.sha.mo
柳葉魚

白魚
しらうお
shi.ra.u.o
銀魚

鱈子
たらこ
ta.ra.ko
鹹鱈魚子

いくら
i.ku.ra
鹹鮭魚子

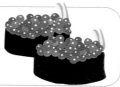

雲丹
うに
u.ni
海膽

鮑
あわび
a.wa.bi
鮑魚

蟹
かに
ka.ni
蟹

蛤
はまぐり
ha.ma.gu.ri
文蛤

秋刀魚
さんま
sa.n.ma
秋刀魚

鰈
かれい
ka.re.i
鰈魚

鰤
ぶり
bu.ri
鰤魚

帆立貝
ほ たて がい
ho.ta.te.ga.i
扇貝

鮎
あゆ
a.yu
香魚

平目
ひら め
hi.ra.me
比目魚

河豚
ふぐ
fu.gu
河豚

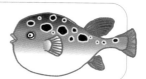

鰻
うなぎ
u.na.gi
鰻魚

なまこ
na.ma.ko
海參

魚肉大變身！
蘊含魚鮮的魚肉製品

ちくわ
chi.ku.wa
竹輪

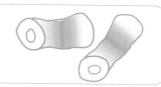

はんぺん
ha.n.pe.n
魚漿鬆餅

かまぼこ
ka.ma.bo.ko
魚板

なると巻き
na.ru.to.ma.ki
魚板捲

さつま揚げ
sa.tsu.ma.a.ge
甜不辣

つみれ
tsu.mi.re
魚丸

削り節
ke.zu.ri.bu.shi
柴魚片

學學如何處理
魚貝類吧！

砂出しをする
su.na.da.shi.o.su.ru
吐砂

えら、わたを取り除く
e.ra.wa.ta.o.to.ri.no.zo.ku
去除鰓、腸

ぜいごを取る
ze.i.go.o.to.ru
去鱗

骨抜きをする
ho.ne.nu.ki.o.su.ru
去骨

三枚におろす
sa.n.ma.i.ni.o.ro.su
切成三片

切り離す
ki.ri.ha.na.su
割開

殻を開ける
ka.ra.o.a.ke.ru
開殼

皮を剥く
ka.wa.o.mu.ku
剝皮

究極魄力肉類美食大滿足！

肉類的肥美多汁，無論燒、烤、煎、炸，都令人垂涎眷戀，

肉食主義者一日無肉便食之無味…

愛吃肉的你趕快把這些關鍵字牢牢記住，

盡情享受視覺、聽覺、味覺全方位的肉類美食饗宴吧！

| 就是愛吃各種肉！ | <ruby>牛肉<rt>ぎゅうにく</rt></ruby>
gyu.u.ni.ku
牛肉 | <ruby>鶏肉<rt>とりにく</rt></ruby>
to.ri.ni.ku
雞肉 | ラム (lamb)
ra.mu
小羊肉 |

<ruby>豚肉<rt>ぶたにく</rt></ruby>
bu.ta.ni.ku
豬肉

<ruby>鴨肉<rt>かもにく</rt></ruby>
ka.mo.ni.ku
鴨肉

| 哪個部位最美味呢？ | 肉類部位通用名詞 | ヒレ (fillet)
hi.re
裡脊(牛:菲力) | バラ
ba.ra
腹肉 |

| もも
mo.mo
大腿肉 | レバー (liver)
re.ba.a
肝 | ロース
ro.o.su
里肌 |

| 牛肉部位用語 | <ruby>牛<rt>ぎゅう</rt></ruby>タン (tongue)
gyu.u.ta.n
牛舌 | サーロイン (sirloin)
sa.a.ro.i.n
沙朗 |

牛スジ
ぎゅう
gyu.u.su.ji
牛筋

牛ハチノス
ぎゅう
gyu.u.ha.chi.no.su
牛肚

カルビ
ka.ru.bi
帶骨五花肉

ハラミ
ha.ra.mi
牛腹肉

豬 肉
部位用語

豚足
とんそく
to.n.so.ku
豬腳

ホルモン
ho.ru.mo.n
豬腸

スペアリブ
spareribs
su.pe.a.ri.bu
肋排/排骨

雞肉部位用語

胸肉
むねにく
mu.ne.ni.ku
雞胸肉

ささ身
み
sa.sa.mi
雞裡脊肉

手羽先
て ば さき
te.ba.sa.ki
雞翅

ドラムスティック
drumstick
do.ra.mu.su.ti.k.ku
棒棒腿

骨つきもも
ほね
ho.ne.tsu.ki.mo.mo
帶骨雞腿肉

肉類大變身！
鹹鹹香香肉製品

ハム
ham
ha.mu
火腿

サラミ
salami
sa.ra.mi
義大利臘腸

コンビーフ
corned beef
ko.n.bi.i.fu
罐頭鹹牛肉

ベーコン
bacon
be.e.ko.n
培根

ソーセージ
sausage
so.o.se.e.ji
香腸

チャーシュー
cha.a.shu.u
叉燒肉

擋不住的點心誘惑～

「菓子」在日文指的是「點心」而不是水果哦！
日本的點心大致分為和式 & 洋式，
和菓子帶有濃厚的傳統日本風味與秀麗雅緻的外形，
而洋菓子在日本人的巧手妙思與堅持品質的精神下加以發揚光大，
成為獨樹一格、炫麗奪目的和風洋菓子，
到日本何不來趟菓子之旅，
保證讓你戀戀難忘、驚艷不已！

日式點心

今川焼き
i.ma.ga.wa.ya.ki
紅豆餅／車輪餅

大判焼き
o.o.ba.n.ya.ki
紅豆餅／車輪餅
(同今川焼き，依照地域有不同稱呼)

和菓子
wa.ga.shi
日式點心

宇治金時
u.ji.ki.n.to.ki
抹茶紅豆刨冰

あられ
a.ra.re
小仙貝

甘納豆
a.ma.na.t.to.o
甘納豆

桜餅
sa.ku.ra.mo.chi
櫻餅

ぜんざい
ze.n.za.i
紅豆湯

大福餅
だいふくもち
da.i.fu.ku.mo.chi
紅豆麻糬

煎餅
せんべい
se.n.be.i
仙貝

鯛焼き
たいや
ta.i.ya.ki
鯛魚燒

団子
だんご
da.n.go
糯米糰子

饅頭
まんじゅう
ma.n.ju.u
饅頭

蜜豆
みつまめ
mi.tsu.ma.me
蜜豆

最中
もなか
mo.na.ka
最中餅

羊羹
ようかん
yo.o.ka.n
羊羹

西式點心

カステラ
castilla
ka.su.te.ra
長崎蛋糕

洋菓子
よう がし
yo.o.ga.shi
西式點心

クッキー
cookie
ku.k.ki.i
餅乾

シフォンケーキ
chiffon cake
shi.fo.n.ke.e.ki
戚風蛋糕

クレープ
法 crêpe
ku.re.e.pu
可麗餅

シュークリーム
法 chou à la crème
shu.u.ku.ri.i.mu
泡芙

アイスクリーム
ice cream
a.i.su.ku.ri.i.mu
冰淇淋

ショートケーキ
shortcake
sho.o.to.ke.e.ki
鮮奶油蛋糕

擋不住的點心誘惑～

scone
スコーン
su.ko.o.n
司康

sponge cake
スポンジケーキ
su.po.n.ji.ke.e.ki
海綿蛋糕

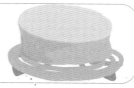

法 soufflé
スフレ
su.fu.re
舒芙蕾

jelly
ゼリー
ze.ri.i
果凍

tart
タルト
ta.ru.to
塔

cheesecake
チーズケーキ
chi.i.zu.ke.e.ki
起司蛋糕

義 tiramisu
ティラミス
ti.ra.mi.su
提拉米蘇

doughnut
ドーナツ
do.o.na.tsu
甜甜圈

pie
パイ
pa.i
派

pudding
プリン
pu.ri.n
布丁

poundcake
パウンドケーキ
pa.u.n.do.ke.e.ki
磅蛋糕

marshmallow
マシュマロ
ma.shu.ma.ro
棉花糖

法 madeleine
マドレーヌ
ma.do.re.e.nu
貝殼蛋糕

muffin
マフィン
ma.fi.n
馬芬

法 mille-feuille
ミルフィーユ
mi.ru.fi.i.yu
千層派

mousse
ムース
mu.u.su
慕斯

mont-blanc
モンブラン
mo.n.bu.ra.n
蒙布朗

waffle
ワッフル
wa.f.fu.ru
鬆餅

活色增香的調味料

常說開門七件事 — 「柴、米、油、鹽、醬、醋、茶」，
在日本則有五大基本調味料的「さしすせそ」，
顯示出調味料在料理所扮演的重要角色。
調味料是讓菜餚呈現多彩多姿風味的魔法小精靈，
喜歡賞美食、聽美食、說美食、嚐美食、做美食的你，
一定要好好把這些調味料的名稱記下來哦！

さしすせそ **五大基本調味料**	**さ sa** さとう 砂糖 sa.to.o 砂糖 

し shi

しお
塩
shi.o
鹽

す su

す
酢
su
醋

せ se

しょうゆ
醤油
sho.o.yu
醬油

※「しょうゆ」以前的寫法爲「せうゆ」。

そ so

みそ
味噌
mi.so
味噌

だし
da.shi
用昆布或柴魚熬煮出的高湯

油類

salad あぶら
サラダ油
sa.ra.da.a.bu.ra
沙拉油

olive oil
オリーブオイル
o.ri.i.bu.o.i.ru
橄欖油

あぶら
ごま油
go.ma.a.bu.ra
芝麻油

ゆ
ラー油
ra.a.yu
辣油

酒類

さけ
酒
sa.ke
酒

あか wine
赤ワイン
a.ka.wa.i.n
紅酒

しろ wine
白ワイン
shi.ro.wa.i.n
白酒

調味料類

mustard
マスタード
ma.su.ta.a.do
芥末醬

とうがらし
唐辛子
to.o.ga.ra.shi
辣椒

ketchup
ケチャップ
ke.cha.p.pu
番茄醬

とうばんじゃん
豆板醬
to.o.ba.n.ja.n
豆瓣醬

とうち
to.o.chi
豆豉

テンメンジャン
te.n.me.n.ja.n
甜麵醬

ごま　paste
胡麻ペースト
go.ma.pe.e.su.to
芝麻醬

こしょう
ko.sho.o
胡椒

worcester　sauce
ウスターソース
u.su.ta.a.so.o.su
黑醋醬

curry　法roux
カレールー
ka.re.e.ru.u
咖哩塊

curry　こ
カレー粉
ka.re.e.ko
咖哩粉

chicken　法consommé
チキンコンソメ
chi.ki.n.co.n.so.me
雞湯塊

syrup
シロップ
shi.ro.p.pu
糖漿

maple　syrup
メイプルシロップ
me.i.pu.ru.shi.ro.p.pu
楓糖漿

はちみつ
ha.chi.mi.tsu
蜂蜜

vanilla　essence
バニラエッセンス
ba.ni.ra.e.s.se.n.su
香草精

大展廚藝做菜囉！

說到做菜當然少不了煎、煮、炒、炸…等，
這些必備的基本動作囉！
準備好了嗎？進廚房大展身手吧！

料理前的準備基本功

水果、蔬菜、豆腐等切法與處理法

薄切り
<ruby>うす<rt></rt>ぎ<rt></rt></ruby>
u.su.gi.ri
切薄片

くし形切り
<ruby>がた<rt></rt>ぎ<rt></rt></ruby>
ku.shi.ga.ta.gi.ri
月牙切

いちょう切り
<ruby>ぎ<rt></rt></ruby>
i.cho.o.gi.ri
扇形切

乱切り
<ruby>らん<rt></rt>ぎ<rt></rt></ruby>
ra.n.gi.ri
滾切

角切り
かくぎ
ka.ku.gi.ri
切塊

せん切り
ぎ
se.n.gi.ri
切絲

種を除く
たね のぞ
ta.ne.o.no.zo.ku
去籽

短冊切り
たんざくぎ
ta.n.za.ku.gi.ri
切長方形薄片

斜め切り
なな ぎ
na.na.me.gi.ri
斜切

半月切り
はんげつぎ
ha.n.ge.tsu.gi.ri
半圓切

へたを取る
と
he.ta.o.to.ru
去蒂

みじん切り
ぎ
mi.ji.n.gi.ri
切末

輪切り
わ ぎ
wa.gi.ri
切圓片

肉的切法

ひと口大に切る
くち だい き
hi.to.ku.chi.da.i.ni.ki.ru
切一口大小

薄切り
うすぎ
u.su.gi.ri
切薄片

ステーキ用
steak よう
su.te.e.ki.yo.o
牛排用

細かく切る
こま き
ko.ma.ka.ku.ki.ru
切細

ひき肉
にく
hi.ki.ni.ku
絞肉

為烹調做好準備！
調理法

入れる
い
i.re.ru
放入

洗う
あら
a.ra.u
洗

押す
お
o.su
按壓

置く
お
o.ku
放、置

おろす
o.ro.su
磨泥

解凍
かいとう
ka.i.to.o
解凍

形を整える
かたち　ととの
ka.ta.chi.o.to.to.no.e.ru
整好形狀

加熱
か ねつ
ka.ne.tsu
加熱

切る
き
ki.ru
切

刺す
さ
sa.su
刺

したごしらえ
shi.ta.go.shi.ra.e
烹調準備

作る
つく
tsu.ku.ru
做

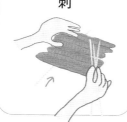

刻む
ki.za.mu
劃上

加える
ku.wa.e.ru
加入

詰める
tsu.me.ru
擠入、裝塡

包む
tsu.tsu.mu
包

溶かす
to.ka.su
溶解

取る
to.ru
取

塗る
nu.ru
塗

練る
ne.ru
揉、攪拌、熬製

まぶす
ma.bu.su
沾(塗滿)

混ぜる
ma.ze.ru
混合、調拌

廚藝功力見眞章！
烹調法

温める
a.ta.ta.me.ru
加溫

和える
a.e.ru
拌

大展廚藝做菜囉！

揚げる
あ
a.ge.ru
炸

味をつける
あじ
a.ji.o.tsu.ke.ru
調味

炒める
いた
i.ta.me.ru
炒

裏返す
うらがえ
u.ra.ga.e.su
翻面

冷ます
さ
sa.ma.su
冷卻

炊く
た
ta.ku
煮

漬ける
つ
tsu.ke.ru
泡、醃

煮る
に
ni.ru
煮

とろみをつける
to.ro.mi.o.tsu.ke.ru
芶芡

蒸す
む
mu.su
蒸

焼く
や
ya.ku
烤煎

茹でる
ゆ
yu.de.ru
燙煮

要注意火侯喲！

弱火
よわ び
yo.wa.bi
弱火

中火
ちゅうび
chu.u.bi
中火

強火
つよ び
tsu.yo.bi
強火

讓烹調後的美味瞬間活色生香！

飾る
かざ
ka.za.ru
裝飾

かける
ka.ke.ru
淋上

散らす
ち
chi.ra.su
散放、撒上

添える
そ
so.e.ru
配上、添上

乗せる
の
no.se.ru
擺放

盛り付ける
も つ
mo.ri.tsu.ke.ru
裝盤

盛る
も
mo.ru
盛滿、裝

デコレーションする
decoration
de.ko.re.e.sho.n.su.ru
裝飾

形容一下酸甜苦辣吧！

美食之所以有那麼大的魔力，
就在於每道料理皆能帶給我們截然不同的味覺刺激。
正確的形容出各種味覺口感，與你的朋友互相分享心得，
能讓餐桌上更熱鬧啦！

すっぱい su.p.pa.i 酸	**甘い** a.ma.i 甜	**やや甘い** ya.ya.a.ma.i 微甜
甘ずっぱい a.ma.zu.p.pa.i 酸酸甜甜	**甘がらい** a.ma.ga.ra.i 甜甜辣辣	**スパイシー** (spicy) su.pa.i.shi.i 香辣可口
にがい ni.ga.i 苦	**からい** ka.ra.i 辣	**激辛！** ge.ki.ka.ra 超辣

ピリ甘辛
あまから
pi.ri.a.ma.ka.ra
微微甜辣

しおからい
shi.o.ka.ra.i
鹹

しょっぱい
sho.p.pa.i
鹹

さっぱり
sa.p.pa.ri
清淡、爽口

爽やか
さわ
sa.wa.ya.ka
清爽、清新

あっさり
a.s.sa.ri
清淡

柔らかい
やわ
ya.wa.ra.ka.i
柔軟

まろやか
ma.ro.ya.ka
香醇可口

滑らかな食感
なめ　　　しょくかん
na.me.ra.ka.na.sho.ku.ka.n
口感滑嫩

ふんわり
fu.n.wa.ri
膨鬆柔軟

ジューシー
juicy
ju.u.shi.i
滑嫩多汁

味が薄い
あじ　うす
a.ji.ga.u.su.i
風味清淡、味道淡了點

味が濃い
あじ　　こ
a.ji.ga.ko.i
風味濃郁、味道重了點

冷たい
つめ
tsu.me.ta.i
冰・涼

熱い
あつ
a.tsu.i
燙

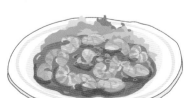

大聲說出你對美味的感動！

看到誘人的食物或吃完美味的一餐後，是否就只能說「おいしい！」呢？
日本人對於美食的頌讚可是毫不吝嗇呢！
趕快把這些感嘆詞好好記住，大聲說出你對美味的感動吧！

おいしい！
o.i.shi.i
好吃！

うまい！
u.ma.i
眞好吃！

いい匂い！
i.i.ni.o.i
好香啊！

おいしそう～
o.i.shi.so.o
看起來好好吃～

食べた～い
ta.be.ta.i
好想吃啊～

懷かしい～
na.tsu.ka.shi.i
好懷念～

おいしかった！
o.i.shi.ka.t.ta
好好吃啊！

いいね～
i.i.ne.e
好棒啊～

抜群！ ばつぐん ba.tsu.gu.n 太讚了！	**絶品！** ぜっぴん ze.p.pi.n 極品！	**絶妙！** ぜつみょう ze.tsu.myo.o 絕妙！
大満足！ だいまんぞく da.i.ma.n.zo.ku 大滿足！	**幸せ～** しあわ shi.a.wa.se 好幸福啊～	**きれい～** ki.re.i 好漂亮啊~
素晴らしい！ す ば su.ba.ra.shi.i 好棒啊！	**素敵** す てき su.te.ki 好美啊～	**贅沢** ぜいたく ze.i.ta.ku 太奢侈了！
最高！ さいこう sa.i.ko.o 太棒了！	**完璧！** かんぺき ka.n.pe.ki 太完美了！	**満腹になる** まんぷく ma.n.pu.ku.ni.na.ru 肚子好飽

コク深い味わい
ぶか　あじ
ko.ku.bu.ka.i.a.ji.wa.i
耐人尋味

やみつきになる味わい
あじ
ya.mi.tsu.ki.ni.na.ru.a.ji.wa.i
令人著迷的風味

ボリューム満点
volume　まんてん
bo.ryu.u.mu.ma.n.te.n
量多滿點

大人の味
おとな　あじ
o.to.na.no.a.ji
成熟風味

香り豊か
かお　ゆた
ka.o.ri.yu.ta.ka
香味豐富

素朴な味
そぼく　あじ
so.bo.ku.na.a.ji
樸實的風味

上品
じょうひん
jo.o.hi.n
清新高雅

しつこくない
shi.tsu.ko.ku.na.i
清爽不膩

弾力がある
だんりょく
da.n.ryo.ku.ga.a.ru
很有彈性

繊細な食感
せんさい　しょくかん
se.n.sa.i.na.sho.ku.ka.n
口感纖細

個性的な味
こ せいてき　あじ
ko.se.i.te.ki.na.a.ji
風味獨特

珍しい味
めずら　あじ
me.zu.ra.shi.i.a.ji
風味新奇

とろける食感
しょくかん
to.ro.ke.ru.sho.ku.ka.n
入口即化的口感

たまらない
ta.ma.ra.na.i
無法抗拒

栄養たっぷり
えいよう
e.i.yo.o.ta.p.pu.ri
營養豐富

運氣不好時的抱怨句…

おいしくない
o.i.shi.ku.na.i
好難吃

まずい！
ma.zu.i
眞難吃！

まあまあ
ma.a.ma.a
普普通通

味がおかしい
あじ
a.ji.ga.o.ka.shi.i
味道有點怪

変なにおい
へん
he.n.na.ni.o.i
怪怪的味道

新鮮ではない
しんせん
shi.n.se.n.de.wa.na.i
不太新鮮

かたい！
ka.ta.i
好硬！

カラカラ
ka.ra.ka.ra
太乾了

焦げている
こ
ko.ge.te.i.ru
烤焦了

かび臭い！
くさ
ka.bi.ku.sa.i
有霉味！

湿っぽい
しめ
shi.me.p.po.i
有點受潮

水っぽい
みず
mi.zu.p.po.i
水水的

渋い！
しぶ
shi.bu.i
好澀！

油っぽい
あぶら
a.bu.ra.p.po.i
油油的

油っこい
あぶら
a.bu.ra.k.ko.i
油膩膩的

深夜食堂菜單特輯

看這部知名電視劇的同時，大家是不是也有想過，可以在夜深人靜的時候，進一家不起眼的料理店，偷偷地跟老板說一些悄悄話，吃上一口暖心的料理呢？

特製的料理，配上來自各方的故事，總是可以勾起觀眾們的回憶。這裡就讓我們來介紹幾道深夜料理的說法吧！

「一日の終わりに、人々が家路へと急ぐ頃、俺の一日は始まる。営業時間は夜十二時から朝七時頃まで、人は深夜食堂って言ってるよ。メニューはこれだけ、後は勝手に注文してくれりゃ、「できるものなら作るよ」ってのが、俺の営業方針さ。客が来るかって？それが結構来るんだよ。」

「人們結束一天忙碌的工作，正趕著回家之際，我的一天才剛剛開始。營業時間從午夜十二點到早上七點，大家都叫這裡深夜食堂。菜單只有這些，你也可以點你想吃的，我做得出來就幫你做，這就是我的經營方針。你問會不會有客人來？喔，還不少喔！」

深夜食堂MENU

● ビール bi.i.ru		啤酒
● 日本酒 ni.ho.n.shu		日本酒
● 梅酒 u.me.shu		梅酒
● 焼酎 sho.o.chu.u		燒酒
● ハイボール ha.i.bo.o.ru		高球酒
● 卵焼き ta.ma.go.ya.ki		玉子燒
● ピーナッツ pi.i.na.t.tsu		花生
● 納豆 na.t.to.o		納豆
● お茶漬け o.cha.zu.ke		茶泡飯
● ポテトサラダ po.te.to.sa.ra.da		馬鈴薯沙拉
● 厚揚げ a.tsu.a.ge		炸豆腐
● 親子丼 o.ya.ko.do.n		親子丼
● アジの開き a.ji.no.hi.ra.ki		鹽烤竹筴魚
● 焼きガニ ya.ki.ga.ni		烤螃蟹
● 唐揚げ ka.ra.a.ge		炸雞
● あさりの酒蒸し a.sa.ri.no.sa.ka.mu.shi		酒蒸蛤蜊
● 煮こごり ni.ko.go.ri		魚凍
● 秋刀魚の蒲焼丼 sa.n.ma.no.ka.ba.ya.ki.do.n		秋刀魚蒲燒丼
● クリームシチュー ku.ri.i.mu.shi.chu.u		奶油燉菜

● **白菜漬け** (はくさいづけ) ha.ku.sa.i.zu.ke　　　　醃白菜

● **肉じゃが** (にく) ni.ku.ja.ga　　　　馬鈴薯燉肉

● **枝豆** (えだまめ) e.da.ma.me　　　　毛豆

● **たこ焼き** (や) ta.ko.ya.ki　　　　章魚燒

● **串かつ** (くし) ku.shi.ka.tsu　　　　串炸

● **春雨サラダ** (はるさめ) ha.ru.sa.me.sa.ra.da　　　　春雨沙拉

● **ロールキャベツ** ro.o.ru.kya.be.tsu　　　　高麗菜捲

● **焼きタラコ** (や) ya.ki.ta.ra.ko　　　　烤鱈魚子

● **もみじ饅頭** (まんじゅう) mo.mi.ji.ma.n.ju.u　　　　紅葉饅頭

● **きんぴらごぼう** ki.n.pi.ra.go.bo.o　　　　辣炒牛蒡絲

● **ちくわの磯辺揚げ** (いそべあ) chi.ku.wa.no.i.so.be.a.ge　　　　海苔炸竹輪

● **雑煮** (ぞうに) zo.o.ni　　　　雜煮

● **オレンジジュース** o.re.n.ji.ju.u.su　　　　柳橙汁

🍲 **經典俳句**

世の中は　酸いも甘いも　長良川
世の中は　さすらい迷ってもどり川

人世間 酸甜苦辣 若長良川
人世間 流浪人歸 亦若回流川 人生還很長哦

TV曝光率最高，人氣美食排行榜！

和風料理
人氣TOP10
Japanese Food

01 かつ丼(ka.tsu.do.n) 豬排丼

02 ラーメン(ra.a.me.n) 拉麵

03 うどん(u.do.n) 烏龍麵

04 カレー(ka.re.e) 咖哩

05 天ぷら(te.n.pu.ra) 天婦羅

06 回転寿司(ka.i.te.n.zu.shi) 迴轉壽司

07 お好み焼き(o.ko.no.mi.ya.ki) 大阪燒

08 鰻の蒲焼き(u.na.gi.no.ka.ba.ya.ki) 蒲燒鰻

09 焼き肉(ya.ki.ni.ku) 燒肉

10 すき焼き(su.ki.ya.ki) 壽喜燒

01

かつ丼(ka.tsu.do.n) 豬排丼

ど ん

🍲 **豬排丼必學美味名詞**

豚ロース肉
ぶた　　　　　にく
bu.ta.ro.o.su.ni.ku

猪里肌肉

玉ねぎ
たま
ta.ma.ne.gi

洋蔥

玉子
たまご
ta.ma.go

蛋

三つ葉
み　　ば
mi.tsu.ba

鴨兒芹

つゆ
tsu.yu

煮汁

だし
da.shi

高湯

みりん
mi.ri.n

料酒

パン粉
葡 pão　こ
pa.n.ko

麵包粉

豬排丼必學美味動詞

①

かつを揚げる。
ka.tsu.o.a.ge.ru

炸豬排。

②

玉ねぎと一緒に煮る。
ta.ma.ne.gi.to.i.s.sho.ni.ni.ru

和洋蔥一起煮。

③

溶き卵を入れる。
to.ki.ta.ma.go.o.i.re.ru

加入蛋液。

④

あたたかいご飯にのせる。
a.ta.ta.ka.i.go.ha.n.ni.no.se.ru

盛在熱飯上。

豬排丼必學食感句

● **うまい！** *u.ma.i*		好吃！
● **ボリューム たっぷり！** *bo.ryu.u.mu.ta.p.pu.ri* volumn		份量十足！
● **スタミナ満点！** *su.ta.mi.na.ma.n.te.n* stamina		活力滿點！
● **食欲をそそる！** *sho.ku.yo.ku.o.so.so.ru*		誘人食慾！
● **並んでも食べたい！** *na.ra.n.de.mo.ta.be.ta.i*		就算排隊也要吃！

🍚 丼飯人氣MENU

● **親子丼** <ruby>おや<rt></rt></ruby><ruby>こ<rt></rt></ruby><ruby>どん<rt></rt></ruby> o.ya.ko.do.n | 雞肉丼

● **天丼** <ruby>てんどん<rt></rt></ruby> te.n.do.n | 炸蝦丼

● **牛丼** <ruby>ぎゅうどん<rt></rt></ruby> gyu.u.do.n | 牛丼

● **ネギとろ丼** <ruby>どん<rt></rt></ruby> ne.gi.to.ro.do.n | 蔥花鮪魚丼

● **イクラ丼** <ruby>どん<rt></rt></ruby> i.ku.ra.do.n | 鮭魚子丼

🍚 TV美食秀實況對話

A
(司会) <ruby>しかい<rt></rt></ruby>
shi.ka.i

今日はどんな食材を使いますか？
<ruby>きょう<rt></rt></ruby>　　　　　　<ruby>しょくざい<rt></rt></ruby>　<ruby>つか<rt></rt></ruby>

kyo.o.wa.do.n.na.sho.ku.za.i.o
tsu.ka.i.ma.su.ka

（主持人）
今天是採用
哪種食材呢？

B
(料理人) <ruby>りょうりにん<rt></rt></ruby>
ryo.o.ri.ni.n

普段なかなか食べられない厳選された上等な豚肉です。
<ruby>ふだん<rt></rt></ruby>　　　　　　<ruby>た<rt></rt></ruby>　　　　　　<ruby>げんせん<rt></rt></ruby>　　　　<ruby>じょうとう<rt></rt></ruby>　<ruby>ぶたにく<rt></rt></ruby>

fu.da.n.na.ka.na.ka.ta.be.ra.re.na.i
ge.n.se.n.sa.re.ta.jo.o.to.o.na.bu.ta.ni.ku.de.su

（廚師）
嚴選平常難得吃到的
上等豬里肌肉排。

C
(客) <ruby>きゃく<rt></rt></ruby>
kya.ku

わあ！さくさくでジューシー！（juicy）

wa.a　sa.ku.sa.ku.de.ju.u.shi.i

（來賓）
哇！酥脆又多汁！

D
(客) <ruby>きゃく<rt></rt></ruby>
kya.ku

見るだけでよだれが出てくる！
<ruby>み<rt></rt></ruby>　　　　　　　　　　　　<ruby>で<rt></rt></ruby>

mi.ru.da.ke.de.yo.da.re.ga.de.te.ku.ru

（來賓）
光看就讓人
垂涎欲滴了呢！

02

ラーメン (ra.a.me.n) 拉麵

🍜 拉麵必學美味名詞

中華生麵
（ちゅうか なまめん）
chu.u.ka.na.ma.me.n

中華生麵

メンマ
me.n.ma

筍乾

わかめ
wa.ka.me

裙帶菜

チャーシュー
cha.a.shu.u

叉燒肉

のり
no.ri

海苔

ゆで卵
（たまご）
yu.de.ta.ma.go

水煮蛋

なると巻
（まき）
na.ru.to.ma.ki

魚板

 拉麺必學美味動詞

①

トッピングを用意**する。**
to.p.pi.n.gu.o.yo.o.i.su.ru

準備配料。

②

スープを作**る。**
su.u.pu.o.tsu.ku.ru

製作湯頭。

③

麺をゆでる**。**
me.n.o.yu.de.ru

煮麺。

④

麺の上にトッピングをのせる**。**
me.n.no.u.e.ni.to.p.pi.n.gu.o.no.se.ru

將配料放在麺上。

 拉麺必學食感句

● **麺にコシがある。** *me.n.ni.ko.shi.ga.a.ru*   麺很有咬勁。

● **まろやか〜** *ma.ro.ya.ka*   香醇溫潤〜

● **絶妙！** *ze.tsu.myo.o*   絕妙！

● **コクがある〜** *ko.ku.ga.a.ru*   口感濃郁〜

● **一度食べるとやみつきに！** *i.chi.do.ta.be.ru.to.ya.mi.tsu.ki.ni*   吃一次就上癮了！

🍜 拉麵人氣MENU

● **醤油ラーメン** sho.o.yu.ra.a.me.n   醬油拉麵

● **豚骨ラーメン** to.n.ko.tsu.ra.a.me.n   豚骨拉麵

● **塩ラーメン** shi.o.ra.a.me.n   鹽味拉麵

● **味噌ラーメン** mi.so.ra.a.me.n   味噌拉麵

🍜 TV 美食秀實況對話

A （司会） shi.ka.i	**今日のラーメンの感想を一言ずつどうぞ！** kyo.o.no ra.a.me.n no ka.n.so.o.o hi.to.ko.to.zu.tu. do.o.zo	（主持人） 請說一下 今天吃拉麵的感言。
B （客） kya.ku	**まろやかなスープがたまりませんね！** ma.ro.ya.ka.na su.u.pu ga ta.ma.ri.ma.se.n ne	（來賓） 湯頭香醇 令人難以抗拒！
C （客） kya.ku	**このもっちりした麺がなんとも言えませんよ。** ko.no mo.c.chi.ri.shi.ta me.n ga na.n.to.mo i.e.ma.se.n yo	（來賓） 麵彈性極佳 無話可說呢！
D （客） kya.ku	**麺を持ち上げた途端に立ち上る湯気が豪快！** me.n o mo.chi.a.ge.ta to.ta.n ni ta.chi.a.ga.ru.yu.ge ga go.o.ka.i	（來賓） 麵一端上就冒出 陣陣熱氣真暢快啊！

soup（標示於スープ上方）

03

うどん (u.do.n) 烏龍麵

🍲 **烏龍麵必學美味名詞**

手打ちうどん
て う
te.u.chi.u.do.n

手工烏龍麵

えのき
e.no.ki

金針菇

かまぼこ
ka.ma.bo.ko

魚板

ちくわ
chi.ku.wa

竹輪

油揚げ
あぶら あ
a.bu.ra.a.ge

油豆腐

海老の天ぷら
え び　　てん
e.bi.no.te.n.pu.ra

炸蝦

烏龍麵必學美味動詞

つゆを入れて、火にかける。
tsu.yu.o.i.re.te,hi.ni.ka.ke.ru

加入**煮汁**並**點火**。

沸騰したら、麺を入れる。
fu.t.to.o.shi.ta.ra,me.n.o.i.re.ru

沸騰後**放入**烏龍麵。

玉子を割りいれる。
ta.ma.go.o.wa.ri.i.re.ru

將蛋**打入**。

具を加えて強火にかける。
gu.o.ku.wa.e.te.tsu.yo.bi.ni.ka.ke.ru

放上材料並**開強火**。

烏龍麵必學食感句

● **ヘルシー！** _{healthy} he.ru.shi.i		好健康啊！
● **体も心も温まる〜** ka.ra.da.mo.ko.ko.ro.mo.a.ta.ta.ma.ru		身心都暖了起來〜
● **さわやかな風味。** sa.wa.ya.ka.na.fu.u.mi		清爽風味。
● **具だくさん！** gu.da.ku.sa.n		料好多啊！
● **寒い季節にぴったり！** sa.mu.i.ki.se.tsu.ni.pi.t.ta.ri		最適合寒冷的季節吃了！

03．うどん（u.do.n）烏龍麵

 ## 烏龍麵人氣MENU

- **きつねうどん** ki.tsu.ne.u.do.n 　　　狐狸烏龍麵（油豆腐皮烏龍麵）
- **たぬきうどん** ta.nu.ki.u.do.n 　　　狸貓烏龍麵（天婦羅炸渣烏龍麵）
- **エビ天うどん** e.bi.te.n.u.do.n 　　　炸蝦烏龍麵
- **鍋焼きうどん** na.be.ya.ki.u.do.n 　　鍋燒烏龍麵
- **カレーうどん** ka.re.e.u.do.n 　　　咖哩烏龍麵

 ## TV美食秀實況對話

A 　(客) 　kya.ku	鰹節といりこだしの汁が具と一体化していい味わい！ ka.tsu.o.bu.shi to i.ri.ko.da.shi no shi.ru ga gu to i.t.ta.i.ka shi.te i.i a.ji.wa.i	（來賓） 柴魚高湯精華和湯料 融為一體非常美味！
B 　(客) 　kya.ku	あっさりとしたうどんと肉の風味のバランスがちょうどいい！ a.s.sa.ri.to.shi.ta u.do.n to ni.ku no fu.u.mi no ba.ra.n.su ga cho.o.do i.i	（來賓） 爽口的烏龍麵和肉的 風味搭配得恰到好處！
A 　(客) 　kya.ku	ねぎと七味唐辛子との相性抜群！ ne.gi to shi.chi.mi.to.o.ga.ra.shi to no a.i.sho.o ba.tsu.gu.n	（來賓） 蔥和七味辣椒粉 真是絕配啊！
C 　(司会) 　shi.ka.i	麺はやっぱりコシが命ですよね！ me.n wa ya.p.pa.ri ko.shi ga i.no.chi de.su yo ne	（主持人） 麵還是有咬勁 最重要啊！

04

curry
カレー (ka.re.e) 咖哩

咖哩必學美味名詞

カレー粉
curry　こ
ka.re.e.ko
咖哩粉

カレールー
curry　法 roux
ka.re.e.ru.u
咖哩塊

スパイス
spice
su.pa.i.su
香料

ポテト
potato
po.te.to
馬鈴薯

にんじん
ni.n.ji.n
紅蘿蔔

玉ねぎ
たま
ta.ma.ne.gi
洋蔥

咖哩必學美味動詞

①

野菜を炒める。
ya.sa.i.o.i.ta.me.ru

炒蔬菜。

②

水を加えて煮る。
mi.zu.o.ku.wa.e.te.ni.ru

加水烹煮。

③

カレールーを入れて混ぜる。
ka.re.e.ru.u.o.i.re.te.ma.ze.ru

放入咖哩塊攪拌。

④

肉を加えて煮込む。
ni.ku.o.ku.wa.e.te.ni.ko.mu

加肉燉煮。

咖哩必學食感句

● マイルドな一品。 ma.i.ru.do.na.i.p.pi.n　　很香醇溫和的一道咖哩。

● ピリリと辛口。 pi.ri.ri.to.ka.ra.ku.chi　　有點麻麻辣辣的。

● いい香り！ i.i.ka.o.ri　　好香啊！

● 絶対食べたい！ ze.t.ta.i.ta.be.ta.i　　非吃不可！

● カレー大好き！ ka.re.e.da.i.su.ki　　最愛咖哩了！

🍛 咖哩人氣MENU

- **ビーフカレー** bi.i.fu.ka.re.e
  _{beef} _{curry}
  牛肉咖哩

- **シーフードカレー** shi.i.fu.u.do.ka.re.e
  _{sea} _{food} _{curry}
  海鮮咖哩

- **カツカレー** ka.tsu.ka.re.e
  _{curry}
  豬排咖哩

- **カレーパン** ka.re.e.pa.n
  _{curry} _{麵包}
  咖哩麵包

🍛 TV 美食秀實況對話

A （司会） しかい shi.ka.i	**今日はおいしさの究極、カレー！** きょう　　　　　　　　きゅうきょく kyo.o wa o.i.shi.sa no kyu.u.kyo.ku ka.re.e	（主持人） 今天是美味的最高 境界 — 咖哩！
B （客） きゃく kya.ku	**カレーの辛味具合が絶妙！** curry　から み ぐ あい　ぜつみょう ka.re.e no ka.ra.mi gu.a.i ga ze.tsu.myo.o	（來賓） 咖哩的辣味 眞是一絕啊！
C （客） きゃく kya.ku	**なんともまろやかですね、隠し味は何ですか？** かく　あじ　なん na.n.to.mo ma.ro.ya.ka de.su.ne ka.ku.shi.a.ji wa na.n de.su ka	（來賓） 眞是濃醇可口啊！ 祕方是什麼呢？
D （料理人） りょうりにん ryo.o.ri.ni.n	**秘密です。とにかく必食！** ひ みつ　　　　　　　ひっしょく hi.mi.tsu de.su to.ni.ka.ku hi.s.sho.ku	（廚師） 這是秘密， 總之一定要吃吃看！

05

天ぷら (te.n.pu.ra) 天婦羅
てん

🍚 天婦羅必學美味名詞

エビ
e.bi

蝦子

イカ
i.ka

花枝

なす
na.su

茄子

れんこん
re.n.ko.n

蓮藕

青じそ
あお
a.o.ji.so

青紫蘇

天つゆ
てん
te.n.tsu.yu

天婦羅沾醬

天婦羅必學美味動詞

①
海老の下ごしらえをする。
_{えび} _{した}
e.bi.no.shi.ta.go.shi.ra.e.o.su.ru

先處理蝦子。

②
衣を混ぜ合わせる。
_{ころも} _ま _あ
ko.ro.mo.o.ma.ze.a.wa.se.ru

將麵衣拌勻。

③
衣をつける。
_{ころも}
ko.ro.mo.o.tsu.ke.ru

沾上麵衣。

④
揚げる。
_あ
a.ge.ru

油炸。

天婦羅必學食感句

● **サクサク！** sa.ku.sa.ku 　　　　　　　　　酥酥脆脆！

● **食感がいい！** sho.k.ka.n.ga.i.i 　　　　　口感很讚！
_{しょっかん}

● **味わい深い〜** a.ji.wa.i.bu.ka.i 　　　　　眞令人回味無窮〜
_{あじ} _{ぶか}

● **揚げたて！** a.ge.ta.te 　　　　　　　　　炸好了耶！
_あ

● **ビールと一緒に食べたい！** bi.i.ru.to.i.s.sho.ni.ta.be.ta.i 　好想配啤酒一起吃啦！
　_{beer} 　_{いっしょ} _た

天婦羅人氣MENU

- **エビの天ぷら** e.bi.no.te.n.pu.ra　炸蝦天婦羅
- **野菜の天ぷら** ya.sa.i.no.te.n.pu.ra　蔬菜天婦羅
- **天ぷら盛り合わせ** te.n.pu.ra.mo.ri.a.wa.se　綜合天婦羅
- **天ぷら定食** te.n.pu.ra.te.i.sho.ku　天婦羅定食
- **天丼** te.n.do.n　炸蝦飯

TV美食秀實況對話

A（司会）shi.ka.i
他所では召し上がれない天ぷらですよ。
ta.sho de.wa me.shi.a.ga.re.na.i te.n.pu.ra de.su yo
（主持人）在別處絕對吃不到的天婦羅喲！

B（客）kya.ku
旬の野菜をふんだんに盛り込んだ天ぷら！
shu.n no ya.sa.i o fu.n.da.n ni mo.ri.ko.n.da te.n.pu.ra
（來賓）加入大量時令蔬菜的天婦羅！

C（客）kya.ku
このキツネ色とさくさくっとした食感がたまらない。
ko.no ki.tsu.ne i.ro to sa.ku.sa.ku t.to shi.ta sho.k.ka.n ga ta.ma.ra.na.i
（來賓）金黃香脆的口感眞令人無法抗拒呢！

D（客）kya.ku
やっぱり揚げたてを食べるのが 一番ですね！
ya.p.pa.ri a.ge.ta.te o ta.be.ru no ga i.chi.ba.n de.su ne
（來賓）還是剛炸好就吃最棒了！

06 回転寿司
かいてんずし
(ka.i.te.n.zu.shi) 迴轉壽司

がり ga.ri 紅薑

迴轉壽司必學美味名詞　你喜歡哪一種呢？

手巻寿司
てまきずし
te.ma.ki.zu.shi

手捲壽司

エビ
e.bi

蝦

いくら
i.ku.ra

鮭魚子

玉子焼き
たまごやき
ta.ma.go.ya.ki

煎蛋

あなご
a.na.go

星鰻

月見イカ
つきみ
tsu.ki.mi.i.ka

月見墨魚

大トロ
おお
o.o.to.ro

鮪魚肚

鐵火巻き・かっぱ巻き
てっかまき ま
te.k.ka.ma.ki・ka.p.pa.ma.ki

鐵火捲(生鮪魚捲)・黃瓜捲

ねぎとろ
ne.gi.to.ro

蔥花鮪魚

うに
u.ni

海膽

稲荷寿司
いなり ずし
i.na.ri.zu.shi

豆皮壽司

かつお
ka.tsu.o

鰹魚

生ホタテ
なま
na.ma.ho.ta.te

生干貝

たい
ta.i

鯛魚

たこ
ta.ko

章魚

まぐろ
ma.gu.ro

鮪魚

迴轉壽司必學美味動詞

❶ 手酢をつける。
te.su.o.tsu.ke.ru
沽手醋。

❷ しゃりをまとめる。
sha.ri.o.ma.to.me.ru
抓一團醋飯。

❸ ネタにサビをつける。
ne.ta.ni.sa.bi.o.tsu.ke.ru
在食材抹上山葵。

❹ 握る。
ni.gi.ru
捏握。

※サビ（山葵）：壽司職人專用說法

迴轉壽司必學食感句

● **ネタが大きい！** ne.ta.ga.o.o.ki.i		食材好大啊！
● **新鮮！** shi.n.se.n		新鮮！
● **安くて、うまい！** ya.su.ku.te,u.ma.i		便宜又美味！
● **大トロ最高！** o.o.to.ro.sa.i.ko.o		鮪魚肚最棒了！
● **一時間並んでも食べたい！** i.chi.ji.ka.n.na.ra.n.de.mo.ta.be.ta.i		就算排一個小時也要吃！

TV 美食秀實況對話

A てんいん **（店員）** te.n.i.n	気軽に入って気軽に味わって下さい！ <ruby>気<rt>き</rt></ruby><ruby>軽<rt>がる</rt></ruby>に<ruby>入<rt>はい</rt></ruby>って<ruby>気<rt>き</rt></ruby><ruby>軽<rt>がる</rt></ruby>に<ruby>味<rt>あじ</rt></ruby>わって<ruby>下<rt>くだ</rt></ruby>さい！ ki.ga.ru.ni ha.i.t.te ki.ga.ru.ni a.ji.wa.t.te ku.da.sa.i	（店員） 請不要客氣 進來好好品嚐！
B きゃく **（客）** kya.ku	わあ、とれたてピチピチの海の幸！ わあ、とれたてピチピチの<ruby>海<rt>うみ</rt></ruby>の<ruby>幸<rt>さち</rt></ruby>！ wa.a to.re.ta.te pi.chi.pi.chi no u.mi no sa.chi	（客人） 哇！剛捕獲 活蹦亂跳的海鮮呢！
C きゃく **（客）** kya.ku	新鮮なネタに舌鼓をうちます！ <ruby>新鮮<rt>しんせん</rt></ruby>なネタに<ruby>舌鼓<rt>したつづみ</rt></ruby>をうちます！ shi.n.se.n.na.ne.ta ni shi.ta.tsu.zu.mi o.u.chi.ma.su	（客人） 新鮮的食材讓人 吃得津津有味呢！
D きゃく **（客）** kya.ku	おみそしるも飲み放題で、言うことなし！ おみそしるも<ruby>飲<rt>の</rt></ruby>み<ruby>放題<rt>ほうだい</rt></ruby>で、<ruby>言<rt>い</rt></ruby>うことなし！ o.mi.so.shi.ru mo no.mi.ho.o.da.i de i.u.ko.to na.shi	（客人） 味噌湯也是無限暢飲， 真令人無法挑剔啊！

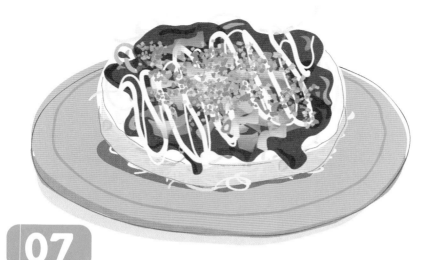

07

お好み焼き (o.ko.no.mi.ya.ki) 大阪燒

大阪燒必學美味名詞

生地
ki.ji

麵糊

cabagge
キャベツ
kya.be.tsu

高麗菜

削り鰹
ke.zu.ri.ga.tsu.o

柴魚片

青のり
a.o.no.ri

青紫蘇

紅ショウガ
be.ni.sho.o.ga

紅薑

法 mayonnaise
マヨネーズ
ma.yo.ne.e.zu

美乃滋

コテ
ko.te

鏟子

🍳 大阪燒必學美味動詞

① 具をボールに<ruby>入<rt>い</rt></ruby>れる。
gu.o.bo.o.ru.ni.i.re.ru
將材料放入碗中。

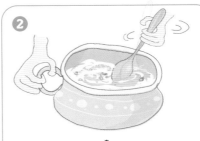

② よく<ruby>混<rt>ま</rt></ruby>ぜる。
yo.ku.ma.ze.ru
攪拌均勻。

③ <ruby>鉄板<rt>てっぱん</rt></ruby>で<ruby>焼<rt>や</rt></ruby>く。
te.p.pa.n.de.ya.ku
在鐵板上煎烤。

④ ソースとマヨネーズを<ruby>塗<rt>ぬ</rt></ruby>る。
so.o.su.to.ma.yo.ne.e.zu.o.nu.ru
塗上醬料和美乃滋。

🍳 大阪燒必學食感句

- **ふわふわ！** fu.wa.fu.wa　　　　　　鬆鬆軟軟！

- **あつあつ！** a.tsu.a.tsu　　　　　　熱騰騰的！

- **いいにおい！** i.i.ni.o.i　　　　　　香噴噴的！

- **もちもち！** mo.chi.mo.chi　　　　　彈性QQ！

- **トッピングたっぷり！** to.p.pi.n.gu.ta.p.pu.ri　　配料超多！

🍲 大阪燒人氣MENU

● 豚ミックスのお好み焼き bu.ta.mi.k.ku.su.no.o.ko.no.mi.ya.ki　猪肉什錦大阪燒

● 広島風お好み焼き hi.ro.shi.ma.fu.u.o.ko.no.mi.ya.ki　廣島燒

● もんじゃ焼き mo.n.ja.ya.ki　東京燒／月島燒／文字燒

★註：**大阪燒：**事先將高麗菜等材料和麵糊調好放在鐵板上煎製，然後再加上肉片翻面煎，最後抹醬、撒青海苔粉。
　　　廣島燒：手續比大阪燒複雜，是先煎好薄餅然後將蔬菜等材料採層層堆疊方式煎製，最大特色是多了炒麵。
　　　東京燒：又稱月島燒、文字燒。直接在鐵板上先拌炒材料，堆成圓形小丘，再將醬汁倒入小丘中間，等醬汁略微凝
　　　固，開始混合旁邊的材料拌炒均勻調味，最大特色是用小鏟子直接將拌炒好的材料從鐵板上刮起來食用。

🍲 TV美食秀實況對話

A （司会） shi.ka.i	今日は、大行列 お好み焼き屋さんを ご紹介します。 kyo.o wa da.i.gyo.o.re.tsu o.ko.no.mi.ya.ki.ya.sa.n wo go.sho.o.ka.i.shi.ma.su	（主持人） 今天介紹大排長龍的大阪燒店。
B （客） kya.ku	わー、あつあつでいいにおいですね！ wa.a a.tsu.a.tsu de i.i ni.o.i de.su.ne	（客人） 哇！熱呼呼！香噴噴耶！
A （司会） shi.ka.i	おどってるかつおぶしの誘惑にたえられないなあ。 o.do.t.te.ru ka.tsu.o.bu.shi no yu.u.wa.ku ni ta.e.ra.re.na.i na.a	（主持人） 正在舞動的柴魚片令人無法抗拒它的誘惑啊！
B （客） kya.ku	特選の具の味も独特。 to.ku.se.n no gu no a.ji mo do.ku.to.ku	（客人） 特選配料風味也很獨特。

08

<ruby>鰻<rt>うなぎ</rt></ruby>の<ruby>蒲<rt>かば</rt></ruby><ruby>焼<rt>や</rt></ruby>き (u.na.gi.no.ka.ba.ya.ki) 蒲燒鰻

🦪 蒲燒鰻必學美味名詞

鰻
u.na.gi

鰻魚

粉山椒
ko.na.sa.n.sho.o

山椒粉

たれ
ta.re

醬汁

たまり
ta.ma.ri

濃味醬油

漬け物
tsu.ke.mo.no

醬菜

肝吸い
ki.mo.su.i

鰻肝湯

蒲燒鰻必學美味動詞

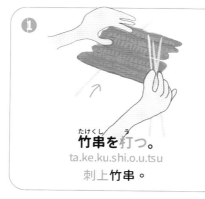

① 竹串を打つ。
ta.ke.ku.shi.o.u.tsu
刺上竹串。

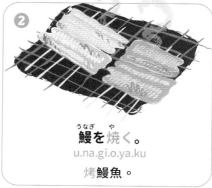

② 鰻を焼く。
u.na.gi.o.ya.ku
烤鰻魚。

③ 焼き上がった鰻を蒸す。
ya.ki.a.ga.tta.u.na.gi.o.mu.su
蒸製烤好的鰻魚。

④ たれをかける。
ta.re.o.ka.ke.ru
沾醬汁。

蒲燒鰻必學食感句

● **極上の味！** go.ku.jo.o.no.a.ji　　極品風味！

● **口の中でふわっとくずれる！** ku.chi.no.na.ka.de.fu.wa.tto.ku.zu.re.ru　在嘴裡瞬間化開！

● **いい香り！** i.i.ka.o.ri　　好香哦！

● **ビタミンたっぷり！** bi.ta.mi.n.ta.p.pu.ri　　營養豐富！

● **とにかく大満足！** to.ni.ka.ku.da.i.ma.n.zo.ku　　總之真是太滿足了！

蒲燒鰻人氣MENU

● **うな丼** u.na.do.n — 鰻魚丼

● **うな重** u.na.ju.u — 鰻魚盒飯

● **蒲焼き定食** ka.ba.ya.ki.te.i.sho.ku — 蒲燒定食

● **白焼きうなぎ** shi.ro.ya.ki.u.na.gi — 白燒鰻

● **うなぎ肝串** u.na.gi.ki.mo.gu.shi — 鰻肝串

TV美食秀實況對話

A
しかい
（司会）
shi.ka.i

自家製の秘伝のタレがあるんですね。
ji.ka.se.i no hi.de.n no ta.re ga
a.ru.n.de.su ne

（主持人）
是採用私房秘傳的
醬汁呢！

B
りょうりにん
（料理人）
ryo.o.ri.ni.n

そうなんです、本来の鰻の味を引き立てますよ！
so.o na.n de.su ho.n.ra.i no u.na.gi no a.ji o
hi.ki.ta.te.ma.su yo

（廚師）
沒錯，可更加突顯出
鰻魚的美味哦！

B
りょうりにん
（料理人）
ryo.o.ri.ni.n

甘すぎず、しっこすぎず、それでいて、コクがある・・・。
a.ma.su.gi.zu shi.tsu.ko.su.gi.zu
so.re de i.te ko.ku ga a.ru

（廚師）
不會太甜、不會太膩，
而且風味獨具…

C
きゃく
（客）
kya.ku

きれいな飴色に焼かれたうなぎにびっくりしました！
ki.re.i.na a.me.i.ro ni ya.ka.re.ta u.na.gi ni
bi.k.ku.ri shi.ma.shi.ta

（來賓）
燒烤出的美麗
金黃醬色讓人驚艷呢！

🔊 020

09

焼き肉 (ya.ki.ni.ku) 燒肉

🍳 燒肉必學美味名詞

霜降肉
shi.mo.fu.ri.ni.ku

霜降肉

和牛
wa.gyu.u

和牛

網
a.mi

網

炭火
su.mi.bi

炭火

煙
ke.mu.ri

煙

備長炭
bi.n.cho.o.ta.n

備長炭

燒肉必學美味動詞

①

_{あみ}
網にのせる。
a.mi.ni.no.se.ru

放在網架上。

②

_{うらがえ}
裏返す。
u.ra.ga.e.su

翻面。

③

_{すこ} _お
少し置く。
su.ko.shi.o.ku

稍放一下。

④

_や
焼きあがり！
ya.ki.a.ga.ri

烤好囉！

燒肉必學食感句

● _{にくじゅう} **肉汁たっぷり！**	*ni.ku.ju.u.ta.p.pu.ri*	肉汁滿溢！
● _{あっとうてき} _{うま み} **圧倒的な旨味。**	*a.tto.o.te.ki.na.u.ma.mi*	無懈可擊的美味！
● ^{juicy} **ジューシー！**	*ju.u.shi.i*	滑嫩多汁！
● _{しょくよく} **食欲もりもり！**	*sho.ku.yo.ku.mo.ri.mo.ri*	食慾旺盛！
● _や **ガンガン焼こう！**	*ga.n.ga.n.ya.ko.o*	豪邁的烤吧！

燒肉人氣MENU

- **ロース** ro.o.su — 沙朗
- **カルビ** ka.ru.bi — 牛五花
- **牛タン** gyu.u.ta.n — 牛舌

  <small>ぎゅう</small> <small>tongue</small>
- **ホルモン** ho.ru.mo.n — 大腸
- **ハラミ** ha.ra.mi — 牛腹身

TV美食秀實況對話

A
（司会）
shi.ka.i

今日はどうしてここにいらっしゃったんですか？
kyo.o wa do.o.shi.te ko.ko ni
i.ra.s.sha.t.ta.n de.su.ka

（主持人）
今天為什麼來這兒呢？

B
（客）
kya.ku

焼肉店の前を通ったら、その匂いについつい惹かれてしまって。
ya.ki.ni.ku.te.n no ma.e o to.o.t.ta.ra
so.no ni.o.i ni tsu.i.tsu.i hi.ka.re.te.shi.ma.t.te

（客人）
經過燒肉店前，不知不覺就被它的香味吸引過來了。

A
（司会）
shi.ka.i

じゃあ、そのお味はいかがですか？
ja.a so.no o.a.ji wa i.ka.ga de.su ka

（主持人）
那麼味道如何呢？

B
（客）
kya.ku

適度に甘いタレがお肉と絡み合って…格別です！
te.ki.do ni a.ma.i ta.re ga o.ni.ku to
ka.ra.mi.a.t.te ka.ku.be.tsu de.su

（客人）
甜味恰到好處的醬汁與肉完美融合，風味獨特。

10

すき焼き (su.ki.ya.ki) 壽喜燒

🍲 壽喜燒必學美味名詞

牛ロース肉
gyu.u.ro.o.su.ni.ku

牛里肌肉

春菊
shu.n.gi.ku

茼蒿

しめじ
shi.me.ji

鴻禧菇

木綿豆腐
mo.me.n.do.o.fu

木綿豆腐

こんにゃく
ko.n.nya.ku

蒟蒻

しらたき
shi.ra.ta.ki

蒟蒻絲

10.すき焼き（su.ki.ya.ki）壽喜燒

壽喜燒必學美味動詞

❶ 牛脂を溶かし、肉を焼く。
gyu.u.shi.o.to.ka.shi,ni.ku.o.ya.ku
將牛油溶於鍋中，然後煎烤牛肉。

❷ 割り下を入れる。
wa.ri.shi.ta.o.i.re.ru
倒入佐料醬汁。

❸ 好みの材料を加えて煮る。
ko.no.mi.no.za.i.ryo.o.o.ku.wa.e.te.ni.ru
加入喜歡的材料一起煮。

❹ 溶き卵をつけて食べる。
to.ki.ta.ma.go.o.tsu.ke.te.ta.be.ru
沾蛋液食用。

壽喜燒必學食感句

● **心からあたたかい！** ko.ko.ro.ka.ra.a.ta.ta.ka.i		心都暖了起來！
● **ジューシーでまろやか。** _juicy_ ju.u.shi.i.de.ma.ro.ya.ka		滑嫩多汁！
● **具がたっぷり！** gu.ga.ta.p.pu.ri		料好多啊！
● **旨味の極限！** u.ma.mi.no.kyo.ku.ge.n		極致美味！
● **とろける！** to.ro.ke.ru		入口即化！

鍋物人氣MENU

● **しゃぶしゃぶ** sha.bu.sha.bu　　　　　涮涮鍋

● **ちゃんこ鍋** cha.n.ko.na.be　　　　　搶鍋

● **おでん** o.de.n　　　　　關東煮

● **寄せ鍋** yo.se.na.be　　　　　什錦鍋

● **もつ鍋** mo.tsu.na.be　　　　　韭菜牛雜麵鍋

TV 美食秀實況對話

A しかい **（司会）** shi.ka.i	**だしが効いた、風味豊かな日本料理 といえば？** da.shi ga ki.i.ta fu.u.mi yu.ta.ka.na ni.ho.n ryo.o.ri to i.e.ba	（主持人） 說到醬汁香濃出色、美味 豐富的日本料理是哪一道呢？
B りょうりにん **（料理人）** ryo.o.ri.ni.n	**やっぱり、すき焼きでしょう！** ya.p.pa.ri su.ki.ya.ki de.sho.o	（廚師） 當然還是壽喜燒吧！
B りょうりにん **（料理人）** ryo.o.ri.ni.n	**一家だんらんのひとときに持ってこいですよね。** i.k.ka da.n.ra.n no hi.to.to.ki ni mo.t.te.ko.i de.su yo ne	（廚師） 最適合一家團圓時 享用了。
C きゃく **（客）** kya.ku	**甘いジューシーな味わいが心温まります。** a.ma.i ju.u.shi.i.na a.ji.wa.i ga ko.ko.ro a.ta.ta.ma.ri.ma.su	（來賓） 甜嫩多汁的美味 讓心都暖了起來。

中華料理
人氣TOP10
Chinese Food

01 エビのチリソース(e.bi.no.chi.ri.so.o.su) 乾燒蝦仁

02 麻婆豆腐(ma.a.bo.o.do.o.fu) 麻婆豆腐

03 酢豚(su.bu.ta) 糖醋豬肉

04 北京ダック(pe.ki.n.da.k.ku) 北京烤鴨

05 チャーハン(cha.a.ha.n) 炒飯

06 飲茶点心(ya.mu.cha.te.n.shi.n) 飲茶點心

07 担担麺(ta.n.ta.n.me.n) 擔擔麵

08 フカヒレの姿煮(fu.ka.hi.re.no.su.ga.ta.ni) 紅燒魚翅
vs
あわびの姿煮(a.wa.bi.no.su.ga.ta.ni) 紅燒鮑魚

09 小籠包(sho.o.ro.n.po.o) 小籠包

10 冷やし中華(hi.ya.shi.chu.u.ka) 中華涼麵

01

エビのチリソース(e.bi.no.chi.ri.so.o.su) 乾燒蝦仁

sauce

乾燒蝦仁必學美味名詞

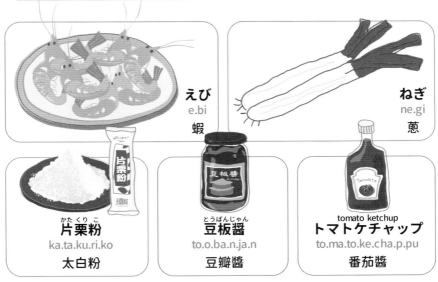

えび
e.bi
蝦

ねぎ
ne.gi
蔥

片栗粉
ka.ta.ku.ri.ko
太白粉

豆板醤
to.o.ba.n.ja.n
豆瓣醬

トマトケチャップ
to.ma.to.ke.cha.p.pu
番茄醬

tomato ketchup

🍤 乾燒蝦仁必學美味動詞

エビを揚げる。
e.bi.o.a.ge.ru

油炸蝦子。

sauce
ソースを加えて少し煮え立たせる。
so.o.su.o.ku.wa.e.te.su.ko.shi.ni.e.ta.ta.se.ru

加入醬汁後讓它稍微沸騰。

ねぎを散らす。
ne.gi.o.chi.ra.su

撒上蔥花。

とろみをつける。
to.ro.mi.o.tsu.ke.ru

芶芡。

🍤 乾燒蝦仁必學食感句

● **ぷりぷり！** pu.ri.pu.ri		好有彈性！
● **甘辛い。** a.ma.ga.ra.i		甜甜辣辣的！
● **たまらない！** ta.ma.ra.na.i		無法抗拒！
● **色がきれい！** i.ro.ga.ki.re.i		色澤鮮豔！
● **さわやかな酸味！** sa.wa.ya.ka.na.sa.n.mi		很清爽的酸味！

🦐 鮮蝦人氣MENU

● **エビチャーハン** e.bi.cha.a.ha.n　　　　　蝦仁炒飯

● **エビギョウザ** e.bi.gyo.o.za　　　　　　　蝦餃

● **エビワンタン** e.bi.wa.n.ta.n　　　　　　蝦仁餛飩

● **エビシュウマイ** e.bi.shu.u.ma.i　　　　　蝦仁燒賣

● **エビの甘酢がけ** e.bi.no.a.ma.zu.ga.ke　　　糖醋蝦仁

🦐 ＴＶ美食秀實況對話

A （司会） しかい shi.ka.i	うわあ、えびがプリンプリンして上品な味！ ぷりん　ぷりん　　　　　　じょうひん　あじ u.wa.a e.bi ga pu.ri.n pu.ri.n shi.te jo.o.hi.n.na a.ji	（主持人） 哇！蝦仁QQ的， 風味清鮮高雅！
B （客） きゃく kya.ku	ピリッとしてて、でも 辛すぎず、味も 絶妙！ から　　　　あじ　ぜつみょう pi.ri.t.to shi.te.te de.mo ka.ra.su.gi.zu a.ji mo ze.tsu.myo.o	（來賓） 有點辣又不會太辣， 風味絕妙！
C （客） きゃく kya.ku	材料が持っているうまみを逃してませんね。 ざいりょう　も　　　　　　　　　のが za.i.ryo.o ga mo.t.te. i.ru u.ma.mi o no.ga.shi.te ma.se.n ne	（來賓） 保留了食材的 特有美味呢！
A （司会） しかい shi.ka.i	いやあ、この食感は一生忘れられない！ しょっかん　いっしょうわす i.ya.a ko.no sho.k.ka.n wa i.s.sho.o wa.su.re.ra.re.na.i	（主持人） 啊~這種口感， 一生難忘！

02

麻婆豆腐 (ma.a.bo.o.do.o.fu) 麻婆豆腐
(マーボードーフ)

🫘 麻婆豆腐必學美味名詞

木綿豆腐（もめんどうふ）
mo.me.n.do.o.fu
木綿豆腐

豚ひき肉（ぶたひきにく）
bu.ta.hi.ki.ni.ku
豬絞肉

豆板醤（とうばんじゃん）
to.o.ba.n.ja.n
豆瓣醬

テンメンジャン
te.n.me.n.ja.n
甜麵醬

とうち
to.o.chi
豆豉

チキンコンソメ chicken 法consommé
chi.ki.n.co.n.so.me
雞湯塊

麻婆豆腐必學美味動詞

①

中華鍋を熱する。
ちゅうか なべ ねっ
chu.u.ka.na.be.o.ne.s.su.ru

先熱鍋。

②

豚ひき肉を炒める。
ぶた にく いた
bu.ta.hi.ki.ni.ku.o.i.ta.me.ru

拌炒豬絞肉。

③

スープと豆腐を加えて煮る。
soup　とうふ くわ に
su.u.pu.to.to.o.fu.o.ku.wa.e.te.ni.ru

加入高湯和豆腐烹煮。

④

水溶き片栗粉をつける。
みず と かたくりこ
mi.zu.to.ki.ka.ta.ku.ri.ko.o.tsu.ke.ru

淋入太白粉液。

麻婆豆腐必學食感句

● 激辛！ ge.ki.ka.ra	超辣！
● 真っ赤！ ma.k.ka	色澤紅亮！
● ご飯が進む！ go.ha.n.ga.su.su.mu	真下飯！
● 本場の味！ ho.n.ba.no.a.ji	口味道地！
● 一度食べるとやみつき！ i.chi.do.ta.be.ru.to.ya.mi.tsu.ki	一吃上癮！

🍲 麻婆豆腐人氣MENU

● **麻婆茄子** まーぼー なす ma.a.bo.o.na.su　　　　麻婆茄子

● **麻婆レバーにら** まーぼー liver ma.a.bo.o.re.ba.a.ni.ra　　麻婆豬肝韭菜

● **麻婆春雨** まーぼー はるさめ ma.a.bo.o.ha.ru.sa.me　　　麻婆冬粉

● **麻婆オムレツ** まーぼー omelette ma.a.bo.o.o.mu.re.tsu　　麻婆蛋包飯

● **麻婆丼** まーぼーどん ma.a.bo.o.do.n　　　　　麻婆丼

🍲 TV美食秀實況對話

A しかい （司会） shi.ka.i	**豆腐のなめらかな食感がすばらしい！** とうふ　　　　　　　しょっかん to.o.fu no na.me.ra.ka.na sho.k.ka.n ga su.ba.ra.shi.i	（主持人） 豆腐滑嫩嫩的口感， 太棒啦！
B きゃく （客） kya.ku	**肉の旨味、香味野菜の辛味が一体となった料理。** にく　うまみ　こうみ やさい からみ　いったい　　りょうり ni.ku no u.ma.mi ko.o.mi.ya.sa.i no ka.ra.mi ga i.t.ta.i to na.t.ta ryo.o.ri	（來賓） 肉的美味、辛香蔬菜的 香辛味渾然天成的一道料理。
C りょうりにん （料理人） ryo.o.ri.ni.n	**火の入れ方で、その美味しさを更に生かせます！** ひ　い　かた　　　　　おい　　　　さら　い hi no i.re.ka.ta de so.no o.i.shi.sa o sa.ra.ni i.ka.se.ma.su	（廚師） 火侯的控制，讓美味 更加淋漓盡致的呈現！
A しかい （司会） shi.ka.i	**みなさんにも是非味わってほしい！** 　　　　　　　　ぜ ひ あじ mi.na.sa.n ni.mo ze.hi a.ji.wa.t.te ho.shi.i	（主持人） 希望大家一定也 要品嚐看看！

03

酢豚 (su.bu.ta) 糖醋豬肉
す ぶた

糖醋豬肉必學美味名詞

豚肩ロース肉
ぶたかた にく
bu.ta.ka.ta.ro.o.su.ni.ku

肩里肌豬肉

ピーマン
pi.i.ma.n

甜椒

pineapple
パイナップル
pa.i.na.p.pu.ru

鳳梨

酢
す
su

醋

砂糖
さ とう
sa.to.o

砂糖

tomato ketchup
トマトケチャップ
to.ma.to.ke.cha.p.pu

番茄醬

糖醋豬肉必學美味動詞

①

豚肉に下味をつける。
bu.ta.ni.ku.ni.shi.ta.a.ji.o.tsu.ke.ru

豬肉先調味。

②

キツネ色になるまで揚げる。
ki.tsu.ne.i.ro.ni.na.ru.ma.de.a.ge.ru

炸製成金黃色。

③

甘酢たれをいれる。
a.ma.zu.ta.re.o.i.re.ru

放入糖醋醬。

④

完成。
ka.n.se.i

完成！

糖醋豬肉必學食感句

● 甘酸っぱい〜 *a.ma.zu.p.pa.i*	酸酸甜甜〜
● パーフェクト！ perfect *pa.a.fe.ku.to*	無可挑剔！
● 食感最高！ *sho.k.ka.n.sa.i.ko.o*	口感絕佳！
● 食欲をそそる！ *sho.ku.yo.ku.o.so.so.ru*	促進食慾！
● 不思議！ *fu.shi.gi*	不可思議！

糖醋人氣MENU

● **スペアリブの甘酢がけ** su.pe.a.ri.bu.no.a.ma.zu.ga.ke   糖醋排骨
spareribs / あまず

● **鯉の甘酢がけ** ko.i.no.a.ma.zu.ga.ke   糖醋鯉魚
こい / あまず

● **白身魚の甘酢がけ** shi.ro.mi.za.ka.na.no.a.ma.zu.ga.ke   糖醋魚片
しろ みざかな / あまず

● **肉団子の甘酢煮** ni.ku.da.n.go.no.a.ma.zu.ni   糖醋肉丸
にくだんご / あまず に

● **トリ肉の甘酢がけ** to.ri.ni.ku.no.a.ma.zu.ga.ke   糖醋雞肉
にく / あまず

TV美食秀實況對話

A しかい （司会） shi.ka.i	さわやかな酸味が食欲をそそりますね。 さんみ しょくよく sa.wa.ya.ka.na sa.n.mi ga sho.ku.yo.ku o so.so.ri.ma.su ne	（主持人） 清爽的酸味能 促進食慾呢！
B きゃく （客） kya.ku	パイナップルの甘酸っぱさが不思議なおいしさ。 pineapple あまず ふしぎ pa.i.na.p.pu.ru no a.ma.zu.p.pa.sa ga fu.shi.gi.na o.i.shi.sa	（來賓） 酸酸甜甜的鳳梨， 有著不可思議的美味！
A しかい （司会） shi.ka.i	ごはんとの相性もぴったり！ あいしょう go.ha.n to no a.i.sho.o mo pi.t.ta.ri	（主持人） 也很下飯耶！
B きゃく （客） kya.ku	リッチテイストな中華の味わい！ rich taste ちゅうか あじ ri.t.chi te.i.su.to.na chu.u.ka no a.ji.wa.i	（來賓） 濃郁奧妙的 中華風味！

04

北京<ruby>ダック<rt>ペキン</rt></ruby> *duck* (pe.ki.n.da.k.ku) 北京烤鴨

北京烤鴨必學美味名詞

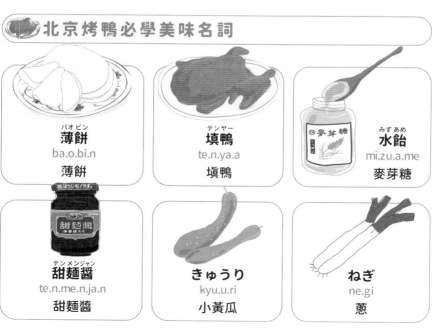

薄餅（バオビン）
ba.o.bi.n
薄餅

填鴨（テンヤー）
te.n.ya.a
塡鴨

水飴（みずあめ）
mi.zu.a.me
麥芽糖

甜麵醬（テンメンジャン）
te.n.me.n.ja.n
甜麵醬

きゅうり
kyu.u.ri
小黃瓜

ねぎ
ne.gi
蔥

北京烤鴨必學美味動詞

❶ テンメンジャンを塗り付ける。
te.n.me.n.ja.n.o.nu.ri.tsu.ke.ru

塗上甜麵醬。

❷ ネギと肉をのせる。
ne.gi.to.ni.ku.o.no.se.ru

放上蔥和肉。

❸ 一緒に包む。
i.s.sho.ni.tsu.tsu.mu

一起包起來。

❹ 食べましょう！
ta.be.ma.sho.o

可以享用囉！

北京烤鴨必學食感句

● つやつや！ *tsu.ya.tsu.ya*		滑潤光澤！
● ぱりぱり！ *pa.ri.pa.ri*		酥酥脆脆！
● 豪華！ *go.o.ka*		好豪華啊！
● 香りがすばらしい！ *ka.o.ri.ga.su.ba.ra.shi.i*		香氣誘人！
● お腹満腹度120%！ *o.na.ka.ma.n.pu.ku.do.hya.ku.ni.ju.p.pa.a.se.n.to*		飽足度120%！

🦆 北京烤鴨人氣MENU

烤鴨套餐通常除了主菜北京烤鴨外，還會搭配前菜、湯品和甜點哦！

● クラゲの酢の物あえ ku.ra.ge.no.su.no.mo.no.a.e		醋拌海蜇皮
● 北京ダックの肉ともやしの炒めもの pe.ki.n.da.k.ku.no.ni.ku.to.mo.ya.shi.no.i.ta.me.mo.no		北京烤鴨肉炒豆芽
● 北京ダックのスープ pe.ki.n.da.k.ku.no.su.u.pu		鴨骨湯
● 杏仁豆腐 a.n.ni.n.do.o.fu		杏仁豆腐

🦆 TV美食秀實況對話

A （司会） shi.ka.i	あ～つやつやで、なんてうまそうな北京ダック！ a.a tsu.ya.tsu.ya.de na.n.te u.ma.so.o.na pe.ki.n da.k.ku	（主持人） 啊！色澤光滑透亮， 看起來超好吃的北京烤鴨！
B （客） kya.ku	皮とジューシーな肉を一緒にたっぷりタレを塗り...。 ka.wa to ju.u.shi.i.na ni.ku wo i.s.sho.ni ta.p.pu.ri ta.re o nu.ri	（來賓） 在皮和鮮嫩多汁的肉 上塗上滿滿的醬料。
B （客） kya.ku	あとは包んで、とにかくかぶりつく！ a.to wa tsu.tsu.n.de to.ni.ka.ku ka.bu.ri.tsu.ku	（來賓） 然後再包起來， 給它大口咬下！
A （司会） shi.ka.i	思わずよだれ垂らしてしまいました。 o.mo.wa.zu yo.da.re ta.ra.shi.te shi.ma.i.ma.shi.ta	（主持人） …不知不覺 口水流出來了。

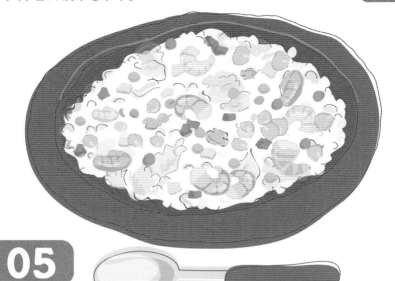

05 チャーハン (cha.a.ha.n) 炒飯

🍚 炒飯必學美味名詞

ご飯
go.ha.n

飯

むきえび
mu.ki.e.bi

蝦仁

bacon
ベーコン
be.e.ko.n

培根

ham
ハム
ha.mu

火腿

green peas
グリーンピース
gu.ri.i.n.pi.i.su

青豆

とうもろこし
to.o.mo.ro.ko.shi

玉米

炒飯必學美味動詞

フライパンを強火で熱する。
fu.ra.i.pa.no.tsu.yo.bi.de.ne.s.su.ru
先熱炒鍋。

玉子が半熟になったら、ご飯を入れる。
ta.ma.go.ga.ha.n.ju.ku.ni.na.tta.ra.go.ha.no.i.re.ru
蛋半熟時，把飯加入。

パラパラになるまで炒める。
pa.ra.pa.ra.ni.na.ru.ma.de.i.ta.me.ru
炒至粒粒分明。

具を加えて味をつける。
gu.o.ku.wa.e.te.a.ji.o.tsu.ke.ru
加入材料並調味。

炒飯必學食感句

● **ふんわりパラパラ！** fu.n.wa.ri.pa.ra.pa.ra　鬆鬆軟軟、粒粒分明！

● **具だくさん！** gu.da.ku.sa.n　配料豐富！

● **文句なしのおいしさ！** mo.n.ku.na.shi.no.o.i.shi.sa 無可挑剔的美味！

● **いい匂い！** i.i.ni.o.i　好香啊！

● **抜群！** ba.tsu.gu.n　超讚！

炒飯人氣MENU

● **黄金チャーハン** o.o.go.n.cha.a.ha.n　　　　黃金炒飯

● **キムチチャーハン** ki.mu.chi.cha.a.ha.n　　　　泡菜炒飯

● **鮭チャーハン** sha.ke.cha.a.ha.n　　　　鮭魚炒飯

● **高菜チャーハン** ta.ka.na.cha.a.ha.n　　　　鹹菜炒飯

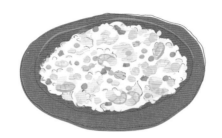

TV美食秀實況對話

A (司会) shi.ka.i	**今日のチャーハンはどうですか？** kyo.o no cha.a.ha.n wa do.o.de.su.ka	（主持人） 今天的炒飯如何呢？
B （客）kya.ku	**ふんわりパラパラのチャーハンです。** fu.n.wa.ri pa.ra.pa.ra no cha.a.ha.n de.su	（來賓） 粒粒分明鬆軟的炒飯。
C （客）kya.ku	**パッと見、地味だけど、心を揺さぶられた！** pa.t.to.mi ji.mi da.ke.do ko.ko.ro o yu.sa.bu.ra.re.ta	（來賓） 雖然乍看很平凡， 但卻撼動我心！
D （客）kya.ku	**食の芸術！** sho.ku no ge.i.ju.tsu	（來賓） 食的藝術！

🔊 027

06

飲茶点心(ya.mu.cha.te.n.shi.n) 飲茶點心
ヤムチャ　てんしん

🍲 飲茶點心必學人氣榜

エビ蒸し餃子
む ギョウザ
e.bi.mu.shi.
gyo.o.za

蒸蝦餃

**かにみそ
シューマイ**
ka.ni.mi.so.
shu.u.ma.i

蟹黃燒賣

**チャーシュー
まんじゅう**
cha.a.shu.u.
ma.n.ju.u

叉燒包

ちまき
chi.ma.ki

粽子

桃まんじゅう
mo.mo.ma.n.ju.u

壽桃包

大根もち
da.i.ko.n.mo.chi

蘿蔔糕

玉子入りパイ
カスタードパイ
ta.ma.go.i.ri.pa.i
ka.su.ta.a.do.pa.i

蛋塔

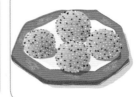

ごま団子
go.ma.da.n.go

芝麻球

マンゴープリン
ma.n.go.o.pu.ri.n

芒果布丁

杏仁豆腐
a.n.ni.n.do.o.fu

杏仁豆腐

春巻き
ha.ru.ma.ki

春捲

ココナッツ
もちだんご
ko.ko.na.t.tsu
mo.chi.da.n.go

椰香糯米球

もち米の
蒸しだんご
mo.chi.go.me.no
mu.shi.da.n.go

珍珠丸子

チャーシュー
パイ
cha.a.shu.u.pa.i

叉燒酥

飲茶點心必學食感句

● **プリプリ！** *pu.ri.pu.ri*		彈性ＱＱ！
● **ジュワっと口中に広がる肉汁！** くちじゅう ひろ にくじゅう	*ju.wa.t.to.ku.chi.ju.u.ni* *hi.ro.ga.ru.ni.ku.ju.u*	肉汁在口中咻～ 地滿溢開來！
● **表現しようがないおいしさ！** ひょうげん	*hyo.o.ge.n.shi.yo.o.ga.na.i* *o.i.shi.sa*	說不出的好滋味！
● **歯ざわりがいい！** は	*ha.za.wa.ri.ga.i.i*	口感很棒！
● **絶妙なハーモニー！** ぜつみょう harmony	*ze.tsu.myo.o.na.ha.a.mo.ni.i*	完美融合的絕妙口感！

TV美食秀實況對話

A
しかい
（司会）
shi.ka.i

えびがプリプリで上品なギョウザ！
じょうひん
e.bi ga pu.ri.pu.ri.de jo.o.hi.n.na gyo.o.za

（主持人）
蝦子很有彈性，
清鮮爽口的餃子。

B
きゃく
（客）
kya.ku

わあ、皮が透きとおってる！
かわ す
wa.a ka.wa ga su.ki.to.o.tte.ru

（來賓）
哇！麵皮光滑透亮。

C
きゃく
（客）
kya.ku

ひとくちでもおいしさを実感できる！
じっかん
hi.to.ku.chi de mo o.i.shi.sa o
ji.k.ka.n de.ki.ru

（來賓）
就算只吃一口，
也能感受到紮實的口感。

D
きゃく
（客）
kya.ku

ゴマ団子の香ばしさは最高！
だんご こう さいこう
go.ma.da.n.go no ko.o.ba.shi.sa wa sa.i.ko.o

（來賓）
芝麻球的香氣太讚了！

07

担担麺
たんたんめん

担担麺（ta.n.ta.n.me.n）擔擔麵

擔擔麵必學美味名詞

生麺
なまめん
na.ma.me.n

生麵

豚挽き肉
ぶた ひ にく
bu.ta.hi.ki.ni.ku

豬絞肉

チンゲンサイ
chi.n.ge.n.sa.i

青江菜

peanuts
ピーナツ
pi.i.na.tsu

花生

ごま paste
胡麻ペースト
go.ma.pe.e.su.to

芝麻醬

ラー油
ゆ
ra.a.yu

辣油

🍜 擔擔麵必學美味動詞

❶ 豚挽き肉をよく炒め、味付けする。
bu.ta.hi.ki.ni.ku.o.yo.ku.i.ta.me.a.ji.tsu.ke.su.ru
翻炒豬絞肉後調味。

❷ 熱いスープをどんぶりに注ぐ。
a.tsu.i.su.u.pu.o.do.n.bu.ri.ni.so.so.gu
將熱湯倒入麵碗。

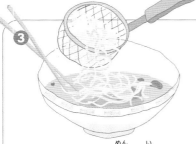

❸ ゆであがった麺を入れる。
yu.de.a.ga.tta.me.n.o.i.re.ru
放入煮好的麵。

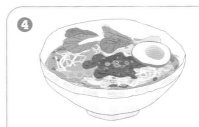

❹ 上に具をのせれば出来上がり。
u.e.ni.gu.o.no.se.re.ba.de.ki.a.ga.ri
在麵上放好配料就完成囉！

🍜 擔擔麵必學食感句

● **独特な香りと味！** do.ku.to.ku.na.ka.o.ri.to.a.ji 　香氣和味道都很獨特！

● **スパイシー！** su.pa.i.shi.i 　　　　　　　　　香香辣辣！

● **スタミナ回復！** su.ta.mi.na.ka.i.fu.ku 　　　　恢復活力！

● **ゴマの上品なコクと甘み！** go.ma.no.jo.o.hi.n.na.ko.ku.to.a.ma.mi 　芝麻香氣高雅甘醇！

● **一番のお気に入り！** i.chi.ba.n.no.o.ki.ni.i.ri 　　　我的最愛！

擔擔麵人氣MENU

● **四川担担麵** shi.se.n.ta.n.ta.n.me.n
（しせんたんたんめん）　　　　　　　　　　　　　　　　四川擔擔麵

● **汁なし担担麵** shi.ru.na.shi.ta.n.ta.n.me.n
（しるなしたんたんめん）　　　　　　　　　　　　　　乾擔擔麵

● **白ゴマ担担麵** shi.ro.go.ma.ta.n.ta.n.me.n
（しろたんたんめん）　　　　　　　　　　　　　　　　白芝麻擔擔麵

● **黑ゴマ担担麵** ku.ro.go.ma.ta.n.ta.n.me.n
（くろたんたんめん）　　　　　　　　　　　　　　　　黑芝麻擔擔麵

TV美食秀實況對話

A しかい （司会） shi.ka.i	**今日は巷で有名なタンタン麵屋さんにやって来ました。** （きょう　ちまた　ゆうめい　　　　　　　　めんや　　　き） kyo.o wa chi.ma.ta de yu.u.me.i.na ta.n.ta.n.me.n.ya.sa.n ni ya.tte.ki.ma.shi.ta	（主持人） 今天來到巷弄中 有名的擔擔麵店。
B きゃく （客） kya.ku	**スープが濃厚ですねえ！** （soup　のうこう） su.u.pu ga no.o.ko.o de.su.ne.e	（客人） 湯頭很濃郁呢！
C きゃく （客） kya.ku	**ピリッと辛くて、ゴマ味がきいてます。** （から　　　　あじ） pi.ri.tto ka.ra.ku.te go.ma.a.ji ga ki.i.te.ma.su	（客人） 帶點辛辣， 芝麻味陣陣飄香。
D きゃく （客） kya.ku	**香りもとっても豊か！** （かお　　　　　　　ゆた） ka.o.ri mo to.tte.mo yu.ta.ka	（客人） 香氣眞是豊富誘人！

08 🔊 029 **今夜のご注文は、どっち？**
ko.n.ya.no.go.chu.u.mo.n.wa、do.c.chi

フカヒレの姿煮
(fu.ka.hi.re.no.su.ga.ta.ni)
紅燒魚翅

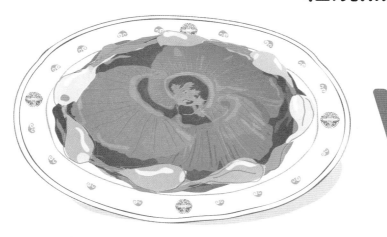

V

🍲 紅燒魚翅必學食感句

● **透明感のある光沢！** *to.o.me.i.ka.n.no.a.ru.ko.o.ta.ku* 　具有透明光澤感！

● **超高級！** *cho.o.ko.o.kyu.u* 　超高級！

● **究極の味わい！** *kyu.u.kyo.ku.no.a.ji.wa.i* 　極致美味！

● **珍味中の珍味！** *chi.n.mi.chu.u.no.chi.n.mi* 　極品中的極品！

● **お肌にいい！** *o.ha.da.ni.i.i* 　對皮膚很好！

今晚，你要點哪一道呢？

あわびの姿煮
(a.wa.bi.no.su.ga.ta.ni)
紅燒鮑魚

🍲 **紅燒鮑魚必學食感句**

- 磯の香りが口いっぱい！ *i.so.no.ka.o.ri.ga.ku.chi.i.p.pa.i* 　　滿口新鮮海味！
- しっとり柔らかい! *shi.t.to.ri.ya.wa.ra.ka.i* 　　滑嫩柔軟！
- 豪華！ *go.o.ka* 　　好豪華啊！
- 贅沢な一品！ *ze.i.ta.ku.na.i.p.pi.n* 　　眞是奢華的一道菜！
- なめらかな舌触り！ *na.me.ra.ka.na.shi.ta.za.wa.ri* 　　口感嫩滑！

08. フカヒレの姿煮vs.あわびの姿煮
(fu.ka.hi.re.no.su.ga.ta.ni)(a.wa.bi.no.su.ga.ta.ni) 紅燒魚翅vs.紅燒鮑魚

🦈 魚翅人氣MENU

- カニ玉子入りのフカヒレスープ
  ka.ni.ta.ma.go.i.ri.no.fu.ka.hi.re.su.u.pu
  蟹黃魚翅

- フカヒレスープ餃子
  fu.ka.hi.re.su.u.pu.gyo.o.za
  魚翅湯餃

- フカヒレラーメン
  fu.ka.hi.re.ra.a.me.n
  魚翅拉麵

- フカヒレ雑炊
  fu.ka.hi.re.zo.o.su.i
  魚翅粥

- フカヒレ丼
  fu.ka.hi.re.do.n
  魚翅丼

🍥 鮑魚人氣MENU

- アワビの踊り焼き
  a.wa.bi.no.o.do.ri.ya.ki
  生烤鮑魚

- アワビのステーキ
  a.wa.bi.no.su.te.e.ki
  鮑魚排

- アワビ飯
  a.wa.bi.me.shi
  鮑魚飯

- アワビの酒蒸し
  a.wa.bi.no.sa.ke.mu.shi
  酒蒸鮑魚

- アワビとナマコの煮込み
  a.wa.bi.to.na.ma.ko.no.ni.ko.mi
  紅燒海參鮑魚

🦈 vs 🍥 TV美食秀實況對話

A （司会） shi.ka.i	今夜のご注文は、どっち？ ko.n.ya no go.chu.u.mo.n wa do.t.chi	（主持人） 今晚你要點哪一道呢？
B （客） kya.ku	やっぱりフカヒレでしょう！ ya.p.pa.ri fu.ka.hi.re de.sho.o	（來賓） 還是魚翅比較好吧！
C （客） kya.ku	このふっくらとした身のアワビも捨て難い！ ko.no fu.k.ku.ra to shi.ta mi no a.wa.bi mo su.te.ga.ta.i	（來賓） 肉質軟嫩的鮑魚也 讓人難以取捨。
A （司会） shi.ka.i	どっちに転んでも、至福の時を味わえますねぇ。 do.t.chi ni ko.ro.n.de mo shi.fu.ku no to.ki o a.ji.wa.e.ma.su ne.e	（主持人） 無論選哪一道，都能 品嚐到幸福無比的滋味。

09
ショーロンポー
小籠包 (sho.o.ro.n.po.o) 小籠包

🥟 小籠包必學美味名詞

あん
a.n
餡

皮（かわ）
ka.wa
麵皮

めん棒（ぼう）
me.n.bo.o
擀麵棍

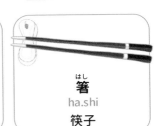

せいろ
se.i.ro
蒸籠

レンゲ
re.n.ge
湯匙

箸（はし）
ha.shi
筷子

🥟 小籠包必學美味動詞

❶ 皮を作る。
ka.wa.o.tsu.ku.ru

擀皮。

❷ 餡を詰める。
a.no.tsu.me.ru

填餡。

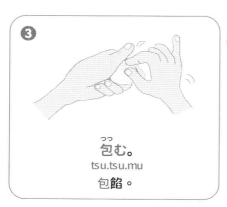

❸ 包む。
tsu.tsu.mu

包餡。

❹ せいろで蒸す。
se.i.ro.de.mu.su

用蒸籠蒸。

🥟 小籠包必學食感句

● **アツアツ！** *a.tsu.a.tsu*   好燙！好燙！

● **ジューシーな肉汁たっぷり。** *ju.u.shi.i.na.ni.ku.ju.u.ta.p.pu.ri*   滑嫩多汁！

● **口の中でとろける！** *ku.chi.no.na.ka.de.to.ro.ke.ru*   入口即化！

● **いくらでも食べられる！** *i.ku.ra.de.mo.ta.be.ra.re.ru*   多少個都吃得下！

● **幸せ～** *shi.a.wa.se*   好幸福喲～

🥟 小籠包人氣MENU

● **フカヒレショーロンポー** fu.ka.hi.re.sho.o.ro.n.po.o　　　魚翅小籠包

● **カニみそショーロンポー** ka.ni.mi.so.sho.o.ro.n.po.o　　蟹黃小籠包

● **ホタテショーロンポー** ho.ta.te.sho.o.ro.n.po.o　　　　干貝小籠包

● **エビショーロンポー** e.bi.sho.o.ro.n.po.o　　　　　　鮮蝦小籠包

● **松茸_{まつたけ}ショーロンポー** ma.tsu.ta.ke.sho.o.ro.n.po.o　松茸小籠包

★ 小籠包食用法

1. **レンゲの上_{うえ}にショーロンポーとショウガをのせる。** 小籠包和薑絲放湯匙上。
   re.n.ge.no.u.e.ni.sho.o.ro.n.po.o.to.sho.o.ga.o.no.se.ru

2. **酢_すをつける。** 沾醋。
   su.o.tsu.ke.ru

3. **中_{なか}のスープをすする。** 吸吮裡面的湯汁。
   na.ka.no.su.u.pu.o.su.su.ru

4. **一口_{ひとくち}で食_たべる。** 一口吃下。
   hi.to.ku.chi.de.ta.be.ru

🥟 TV美食秀實況對話

A 司会_{しかい} (司会) shi.ka.i	**皮_{かわ}が薄_{うす}くて汁_{しる}がたっぷり、最高級_{さいこうきゅう}！** ka.wa.ga.u.su.ku.te　shi.ru.ga.ta.p.pu.ri sa.i.ko.o.kyu.u	（主持人） 皮薄汁多，極品！
B きゃく (客) kya.ku	**口_{くち}に入_いれるとすぐにじゅわっと汁_{しる}があふれてくる！** ku.chi.ni.i.re.ru.to.su.gu.ni　ju.wa.t.to.shi.ru.ga. a.fu.re.te.ku.ru	（來賓） 一入口，立刻咻~ 地湯汁四溢！
C きゃく (客) kya.ku	**幸_{しあわ}せ～** shi.a.wa.se.e	（來賓） 太幸福了～
D きゃく (客) kya.ku	**なにも言葉_{ことば}がでてこないよ！** na.ni.mo　ko.to.ba　ga　de.te.ko.na.i.yo	（來賓） 說不出話來了啦！

10

冷やし中華(hi.ya.shi.chu.u.ka) 中華涼麵

中華涼麵必學美味名詞

中華麺
ちゅうかめん
chu.u.ka.me.n

中華麵

錦糸卵
きんしたまご
ki.n.shi.ta.ma.go

蛋絲

fruit tomato
フルーツトマト
fu.ru.u.tsu.to.ma.to

小番茄

キュウリ
kyu.u.ri

小黃瓜

ham
ハム
ha.mu

火腿

胡麻だれ
ごま
go.ma.da.re

芝麻醬汁

🍜 中華涼麵必學美味動詞

①
ボールに調味料を合わせる。
bowl　ちょうみりょう　あ
bo.o.ru.ni.cho.o.mi.ryo.o.o.a.wa.se.ru
將碗中的調味料拌勻。

②
器に中華麺を盛る。
うつわ　ちゅうかめん　も
u.tsu.wa.ni.chu.u.ka.me.n.o.mo.ru
將中華麵放容器中。

③
具を盛りつける。
ぐ　も
gu.o.mo.ri.tsu.ke.ru
添飾配料。

④
胡麻だれをかける。
ご　ま
go.ma.da.re.o.ka.ke.ru
淋上芝麻醬汁。

🍜 中華涼麵必學食感句

● **さっぱりしてる！** *sa.p.pa.ri.shi.te.ru* 　　　　好清爽！

● **やっぱり夏はこれ！** *ya.p.pa.ri.na.tsu.wa.ko.re* 　夏天還是吃這個最讚！
　　　　なつ

● **ヘルシー！** *he.ru.shi.i* 　　　　好健康！
　healthy

● **のどごしさわやか！** *no.do.go.shi.sa.wa.ya.ka* 　入喉爽口！

● **トッピングたっぷり！** *to.p.pi.n.gu.ta.p.pu.ri* 　配料超多！
　topping

109

10. 冷やし中華(hi.ya.shi.chu.u.ka) 中華涼麵

🍜 中華涼麵人氣MENU

● **ネギ豚冷やし中華** ne.gi.bu.ta.hi.ya.shi.chu.u.ka　　蔥豬肉中華涼麵

● **バンバンジー風冷やし中華** ba.n.ba.n.ji.i.fu.u.hi.ya.shi.chu.u.ka　　棒棒雞中華涼麵

● **海鮮風冷やし中華** ka.i.se.n.fu.u.hi.ya.shi.chu.u.ka　　海鮮中華涼麵

● **梅ダレ冷やし中華** u.me.da.re.hi.ya.shi.chu.u.ka　　梅醬中華涼麵

● **高菜の冷やし中華** ta.ka.na.no.hi.ya.shi.chu.u.ka　　鹹菜中華涼麵

🍜 TV美食秀實況對話

A (司会) shi.ka.i	夏はやっぱり、冷やし中華に限る！ na.tsu wa ya.p.pa.ri hi.ya.shi chu.u.ka ni ka.gi.ru	(主持人) 夏天還是吃 中華涼麵最棒了！
B (客) kya.ku	軽くサッパリした酸味がさわやか！ ka.ru.ku sa.p.pa.ri.shi.ta sa.n.mi ga sa.wa.ya.ka	(來賓) 淡淡微酸，滋味清爽！
C (客) kya.ku	のどごしさっぱりで、抵抗なく食べられる。 no.do.go.shi sa.p.pa.ri de te.i.ko.o.na.ku ta.be.ra.re.ru	(廚師) 入喉爽口易食， 毫不費力！
A (司会) shi.ka.i	色とりどりの具も華やか！ i.ro to.ri.do.ri no gu mo ha.na.ya.ka	(主持人) 多彩多姿的食材 看起來也很華麗。

進階班
TV曝光率最高，人氣美食排行榜！

洋食&其它料理
人氣TOP10
Western-style Food
& Others

01 オムライス (o.mu.ra.i.su) 蛋包飯

02 ハンバーグ (ha.n.ba.a.gu) 漢堡肉

03 コロッケ (ko.ro.k.ke) 可樂餅

04 スパゲッティ (su.pa.ge.t.ti) 義大利麵

05 ピザ (pi.za) 比薩

06 サンドイッチ (sa.n.do.i.t.chi) 三明治

07 マカロニグラタン (ma.ka.ro.ni.gu.ra.ta.n) 焗烤通心粉

08 ハヤシライス (ha.ya.shi.ra.i.su) 牛肉燴飯

09 パエリア (pa.e.ri.a) 西班牙炒飯

10 石焼きビビンバ (i.shi.ya.ki.bi.bi.n.ba) 韓國石鍋拌飯

01

オムライス (o.mu.ra.i.su) 蛋包飯

蛋包飯必學美味名詞

とたまご
溶き卵
to.ki.ta.ma.go
蛋液

butter
バター
ba.ta.a
奶油

tomatokechup
トマトケチャップ
to.ma.to.ke.cha.p.pu
番茄醬

mushroom
マッシュルーム
ma.s.shu.ru.u.mu
蘑菇

parsley
パセリ
pa.se.ri
荷蘭芹

とりにく
鶏むね肉
to.ri.mu.ne.ni.ku
雞胸肉

ごはん
go.ha.n
飯

たま
玉ねぎ
ta.ma.ne.gi
洋蔥

蛋包飯必學美味動詞

❶ 溶き卵を流し入れる。
to.ki.ta.ma.go.o.na.ga.shi.i.re.ru
將蛋液倒入。

❷ ごはんをのせる。
go.ha.n.o.no.se.ru
將飯放上。

❸ 皿に返す。
sa.ra.ni.ka.e.su
翻放在盤上。

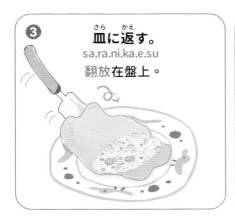

❹ ケチャップをかける。 ketchup
ke.cha.p.pu.o.ka.ke.ru
淋上番茄醬。

蛋包飯必學食感句

● **とろとろ！** *to.ro.to.ro*	濃濃稠稠！
● **ふわふわ！** *fu.wa.fu.wa*	鬆鬆軟軟！
● **弾力がある！** *da.n.ryo.ku.ga.a.ru*	好有彈性！
● **きれいな黄色！** *ki.re.i.na.ki.i.ro*	金黃美麗！
● **お腹一杯！** *o.na.ka.i.p.pa.i*	好飽哦！

01. オムライス (o.mu.ra.i.su) 蛋包飯

蛋包飯人氣MENU

● **チーズオムライス** chi.i.zu.o.mu.ra.i.su　　　起司蛋包飯
<small>cheese</small>

● **ホタテクリームオムライス** ho.ta.te.ku.ri.i.mu.o.mu.ra.i.su 干貝白醬蛋包飯
<small>cream</small>

● **カレーソースオムライス** ka.re.e.so.o.su.o.mu.ra.i.su 咖哩蛋包飯
<small>curry sauce</small>

● **豚キムチオムライス** bu.ta.ki.mu.chi.o.mu.ra.i.su 豬肉泡菜蛋包飯
<small>ぶた</small>

● **ハンバーグオムライス** ha.n.ba.a.gu.o.mu.ra.i.su 漢堡肉蛋包飯
<small>hamburg</small>

★註：オムライス是由omelette＋rice而來
　　日本人將其簡稱為オムライス

TV美食秀實況對話

A りょうりにん (料理人) ryo.o.ri.ni.n	**ケチャップライスを半熟のフワフワ卵でくるり!** <small>ketchup　　rice　　はんじゅく　　　　たまご</small> ke.cha.p.pu ra.i.su o ha.n.ju.ku no fu.wa.fu.wa ta.ma.go de ku.ru.ri	(廚師) 用鬆軟滑嫩的半熟蛋 將番茄炒飯捲起!
B きゃく (客) kya.ku	**しっかり味付けがきいてますね!** <small>あじ つ</small> shi.k.ka.ri a.ji.tsu.ke ga ki.i.te ma.su.ne	(來賓) 很入味耶!
A りょうりにん (料理人) ryo.o.ri.ni.n	**マイルドな自家製トマトソースが味の秘訣です。** <small>mild　　じかせい tomato　sauce　　あじ ひけつ</small> ma.i.ru.do.na ji.ka.se.i to.ma.to so.o.su ga a.ji no hi.ke.tsu de.su	(廚師) 味道溫和的自製番茄醬 是美味的祕訣所在。
B きゃく (客) kya.ku	**さすが、人気メニュー!** <small>にんき menu</small> sa.su.ga ni.n.ki me.nyu.u	(來賓) 真不愧是人氣料理!

02

hamburg

ハンバーグ (ha.n.ba.a.gu) 漢堡肉

🍳 漢堡肉必學美味名詞

合挽き肉
あいびにく
a.i.bi.ki.ni.ku

豬牛混合絞肉

パン粉
葡 pāo こ
pa.n.ko

麵包粉

牛乳
ぎゅうにゅう
gyu.u.nyu.u

牛奶

生クリーム
なま cream
na.ma.ku.ri.i.mu

鮮奶油

赤ワイン
あか wine
a.ka.wa.i.n

紅酒

ウスターソース
worcester sauce
u.su.ta.a.so.o.su

黑醋醬

漢堡肉必學美味動詞

❶ 肉を練る。
ni.ku.o.ne.ru
將肉拌勻。

❷ 形を整える。
ka.ta.chi.o.to.to.no.e.ru
整好形狀。

❸ 焼く。
ya.ku
煎烤。

❹ ソースをかける。
so.o.su.o.ka.ke.ru
淋上醬汁。

漢堡肉必學食感句

● **ホクホク！** ho.ku.ho.ku		鬆軟可口熱呼呼！
● **あつあつ！** a.tsu.a.tsu		熱騰騰地！
● **ふっくらしてる！** fu.k.ku.ra.shi.te.ru		軟呼呼地！
● **元気が出る！** ge.n.ki.ga.de.ru		精神都來啦！
● **ハンバーグに目がない〜！** ha.n.ba.a.gu.ni.me.ga.na.i		看到漢堡肉就無法抵抗〜

漢堡肉人氣MENU

● 和風ハンバーグ wa.fu.u.ha.n.ba.a.gu   和風漢堡肉

● 豆腐ハンバーグ to.o.fu.ha.n.ba.a.gu   豆腐漢堡肉

● 煮込みハンバーグ ni.ko.mi.ha.n.ba.a.gu   紅燒漢堡肉

● 照焼きハンバーグ te.ri.ya.ki.ha.n.ba.a.gu   照燒漢堡肉

● ハンバーグサンド ha.n.ba.a.gu.sa.n.do   漢堡肉三明治

TV美食秀實況對話

A
しかい
（司会）
shi.ka.i

今日は子供に人気のメニュー、ハンバーグ！
kyo.o wa ko.do.mo ni ni.n.ki no. me.nyu.u
ha.n.ba.a.gu

（主持人）
今天介紹兒童人氣料理
—漢堡肉！

B
りょうりにん
（料理人）
ryo.o.ri.ni.n

玉ねぎとお肉の旨味を閉じ込めてビタミンもたっぷり！
ta.ma.ne.gi to o.ni.ku no u.ma.mi o to.ji.ko.me.te
bi.ta.mi.n mo ta.p.pu.ri

（廚師）
完全保留住洋蔥和肉的
美味精華，維他命豐富！

C
きゃく
（客）
kya.ku

舌の上でトロリと溶けそうなソースが食欲をかりたてる！
shi.ta no u.e de to.ro.ri to to.ke.so.o.na
so.o.su ga sho.ku.yo.ku o ka.ri.ta.te.ru

（來賓）
入口即化的濃稠醬汁
讓人食慾大增！

A
しかい
（司会）
shi.ka.i

とにかくおいしい！
to.ni.ka.ku o.i.shi.i

（主持人）
總之就是好吃！

03

法 croquette
コロッケ (ko.ro.k.ke) 可樂餅

🍽 可樂餅必學美味名詞

じゃがいも
ja.ga.i.mo
馬鈴薯

玉ねぎ (たま)
ta.ma.ne.gi
洋蔥

豚挽き肉 (ぶた ひ にく)
bu.ta.hi.ki.ni.ku
豬絞肉

小麦粉 (こむぎ こ)
ko.mu.gi.ko
麵粉

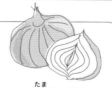

葡 pāo
パン粉 (こ)
pa.n.ko
麵包粉

salad
サラダ油 (ゆ)
sa.ra.da.yu
沙拉油

可樂餅必學美味動詞

❶
たねを作る。
ta.ne.o.tsu.ku.ru
製作餡料。

❷
成形する。
se.i.ke.i.su.ru
成形。

❸
衣をつける。
ko.ro.mo.o.tsu.ke.ru
沾上麵衣。

❹
約170度の油で揚げる。
ya.ku.hya.ku.na.na.ju.u.do.no.a.bu.ra.de.a.ge.ru
用約170度的油油炸。

可樂餅必學食感句

● **サクッと香ばしい！** sa.ku.t.to.ko.o.ba.shi.i	酥酥香香！
● **一度食べたらハマる！** i.chi.do.ta.be.ta.ra.ha.ma.ru	一吃著迷！
● **クリーミー！** ku.ri.i.mi.i	好香濃啊！
● **風味抜群！** fu.u.mi.ba.tsu.gu.n	風味絕讚！
● **季節感のある具！** ki.se.tsu.ka.n.no.a.ru.gu	很有季節感的餡料！

03. コロッケ（ko.ro.k.ke）可樂餅

可樂餅人氣MENU

● **ポテトコロッケ** po.te.to.ko.ro.k.ke　　馬鈴薯可樂餅
法 croquette

● **カボチャコロッケ** ka.bo.cha.ko.ro.k.ke　　南瓜可樂餅
法 croquette

● **カレーコロッケ** ka.re.e.ko.ro.k.ke　　咖哩可樂餅
curry　　法 croquette

● **チーズコロッケ** chi.i.zu.ko.ro.k.ke　　起司可樂餅
cheese　　法 croquette

● **カニクリームコロッケ** ka.ni.ku.ri.i.mu.ko.ro.k.ke　　奶汁蟹肉可樂餅
cream　　法 croquette

TV美食秀實況對話

A （司会） しかい shi.ka.i	衣はサクサク、中はホクホク。 ころも　　　なか ko.ro.mo wa sa.ku.sa.ku na.ka wa ho.ku.ho.ku	（主持人） 外皮酥酥脆脆， 內餡鬆鬆軟軟！
B （客） きゃく kya.ku	牛ひき肉とジャガイモの豊かな味わい！ ぎゅう　にく　　　　　　　　ゆた　　　あじ gyu.u hi.ki.ni.ku to ja.ga.i.mo no yu.ta.ka.na a.ji.wa.i	（來賓） 牛絞肉和馬鈴薯 滋味豐富！
C （客） きゃく kya.ku	シンプルだけど、一度食べたらやめられない味！ simple　　　　いちど　た　　　　　　　　あじ shi.n.pu.ru da.ke.do i.chi.do ta.be.ta.ra ya.me.ra.re.na.i a.ji	（來賓） 雖然簡單，但吃過一次 就會上癮的美味！
A （司会） しかい shi.ka.i	破裂しないコツは衣の付け方と油の温度にあり！ は れつ　　　　　　　ころも　つ　かた　あぶら　おん ど ha.re.tsu.shi.na.i ko.tsu wa ko.ro.mo no tsu.ke.ka.ta to a.bu.ra no o.n.do.ni a.ri	（廚師） 不會裂開的訣竅，在於麵 衣的裹法和油溫的控制！

日本媽媽必勝定番洋食MENU—
蛋包飯．漢堡肉．可樂餅
日本人氣名店！

在日本從小朋友到大人都愛不釋口的
國民家庭洋食料理代表選手前三名，
就屬—蛋包飯．漢堡肉．可樂餅了吧！
它們也是日本媽媽討小朋友們歡心的必勝絕招！
所以這幾道料理的名稱一定要牢牢記住喲！
這裡介紹幾家這幾種定番洋食的人氣名店，
有機會可以上網瀏覽或實地去日本嚐嚐看哦！

オムライス 蛋包飯	**ハンバーグ** 漢堡肉	**コロッケ** 可樂餅

1
てい
おむらいす亭
o.mu.ra.i.su.te.i
蛋包飯亭

1
にくや　　　hamburg
お肉屋さんのハンバーグ
o.ni.ku.ya.sa.n.no.ha.n.ba.a.gu
肉屋漢堡肉

1
法 croquette ほんぽ
つよしのコロッケ本舗
tsu.yo.shi.ni.ko.ro.k.ke.ho.n.po
阿強可樂餅本舖

2
法 pomme き
ポムの樹
po.mu.no.ki
蘋果樹

2
Red Onion
レッドオニオン
re.d.do.o.ni.o.n
紅洋蔥

2
がんそこうべ　法 croquette
元祖神戸コロッケ
ga.n.so.ko.o.be.ko.ro.k.ke
元祖神戶可樂餅

3
restaurant　ほっきょくせい
レストラン北極星
re.su.to.ra.n.ho.k.kyo.ku.se.i
北極星餐廳

3
Gold Rush
ゴールドラッシュ
go.o.ru.do.ra.s.shu
流金

3
法 croquette
コロちゃんのコロッケ屋
ko.ro.cha.n.no.ko.ro.k.ke.ya
可樂小子可樂餅屋

04

義 spaghetti
スパゲッティ (su.pa.ge.t.ti) 義大利麵

🍝 義大利麵必學美味名詞

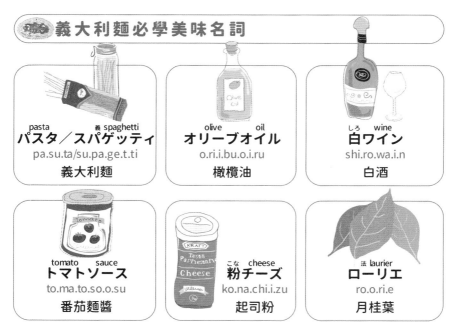

パスタ／スパゲッティ
pasta / 義 spaghetti
pa.su.ta/su.pa.ge.t.ti
義大利麵

オリーブオイル
olive oil
o.ri.i.bu.o.i.ru
橄欖油

白ワイン
しろ wine
shi.ro.wa.i.n
白酒

トマトソース
tomato sauce
to.ma.to.so.o.su
番茄麵醬

粉チーズ
こな cheese
ko.na.chi.i.zu
起司粉

ローリエ
法 laurier
ro.o.ri.e
月桂葉

義大利麵必學美味動詞

❶ 麺をゆでる。
me.n.o.yu.de.ru
煮麵。

❷ 食材を炒める。
sho.ku.za.i.o.i.ta.me.ru
拌炒食材。

❸ トマトソースを加えてまぜる。
to.ma.to.so.o.su.o.ku.wa.e.te.ma.ze.ru
加入番茄麵醬拌勻。

❹ ゆでたてのスパゲッティを入れる。
yu.de.ta.te.no.su.pa.ge.t.ti.o.i.re.ru
放入煮好的義大利麵。

義大利麵必學食感句

● さわやかなトマト味！ sa.wa.ya.ka.na.to.ma.to.a.ji　好清爽的番茄風味！

● ソースをたっぷりからめて～ so.o.su.o.ta.p.pu.ri.ka.ra.me.te　　沾滿醬汁！

● やさしい味わい！ ya.sa.shi.i.a.ji.wa.i　　　　　　　　風味高雅宜人！

● 彩り鮮やか！ i.ro.do.ri.a.za.ya.ka　　　　　　　　配色鮮豔誘人！

● うまみ凝縮！ u.ma.mi.gyo.o.shu.ku　　　　　　美味精華都濃縮在裡頭了！

04. スパゲッティ（su.pa.ge.t.ti）義大利麵

義大利麵人氣MENU

● ペペロンチーノ _{義 peperoncino} pe.pe.ro.n.chi.i.no　　辣椒蒜片義大利麵

● ミートソース _{meat　sauce} mi.i.to.so.o.su　　肉醬義大利麵

● 明太子パスタ _{めんたいこ　pasta} me.n.ta.i.ko.pa.su.ta　　明太子義大利麵

● ペスカトーレ _{義 pescatore} pe.su.ka.to.o.re　　番茄海鮮義大利麵

● カルボナーラ _{義 carbonara} ka.ru.bo.na.a.ra　　奶汁培根蛋義大利麵

TV美食秀實況對話

A
（司会）
しかい
shi.ka.i

ソースと麺が絡み合って、味を更に高めていますね。
so.o.su to me.n ga ka.ra.mi.a.t.te
a.ji o sa.ra.ni ta.ka.me.te.i.ma.su ne

（主持人）
醬汁和麵完全融合，
風味更加誘人呢！

B
（料理人）
りょうりにん
ryo.o.ri.ni.n

オリーブオイルが、素材のうま味を生かしています。
o.ri.i.bu o.i.ru ga so.za.i no u.ma.mi o
i.ka.shi.te.i.ma.su

（厨師）
橄欖油激發出材料
本身的美味。

C
（客）
きゃく
kya.ku

トマト色に染まったクリーミーソースが美しい！
to.ma.to.i.ro ni so.ma.t.ta
ku.ri.i.mi.i so.o.su ga u.tsu.ku.shi.i

（來賓）
染上番茄紅的濃稠
醬汁好漂亮！

A
（司会）
しかい
shi.ka.i

パスタ通は、一見の価値あり！
pa.su.ta.tsu.u wa i.k.ke.n no ka.chi a.ri

（主持人）
值得義大利麵
通見識一下。

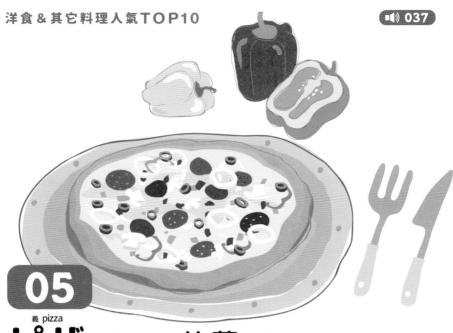

05

義 pizza
ピザ (pi.za) 比薩

🍕 比薩必學美味名詞

義 salami
サラミ
sa.ra.mi

義大利臘腸

義 mozarella　cheese
モッツァレラチーズ
mo.ttsa.re.ra.chi.i.zu

莫扎瑞拉起司

black　olive
ブラックオリーブ
bu.ra.k.ku.o.ri.i.bu

黑橄欖

fresh　tomato　sauce
フレッシュトマト ソース
fu.re.s.shu.to.ma.to so.o.su

鮮番茄醬

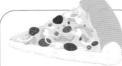

あつ き じ
厚生地
a.tsu.ki.ji

鬆厚餅皮

うす き じ
薄生地
u.su.ki.ji

薄脆餅皮

🍕 比薩必學美味動詞

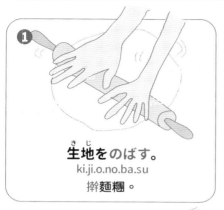

①

生地をのばす。
<ruby>生地<rt>き じ</rt></ruby>をのばす。
ki.ji.o.no.ba.su

擀麵糰。

②

fresh　tomato　sauce
フレッシュトマトソースを塗る。
フレッシュトマトソースを<ruby>塗<rt>ぬ</rt></ruby>る。
fu.re.s.shu.to.ma.to.so.o.su.o.nu.ru

塗上鮮番茄醬。

③

cheese
好みの具とチーズを散らす。
<ruby>好<rt>この</rt></ruby>みの<ruby>具<rt>ぐ</rt></ruby>とチーズを<ruby>散<rt>ち</rt></ruby>らす。
ko.no.mi.no.gu.to.chi.i.zu.o.chi.ra.su

再撒上喜歡的配料和起司。

④

oven
オーブンで焼く。
オーブンで<ruby>焼<rt>や</rt></ruby>く。
o.o.bu.n.de.ya.ku

放入烤箱烘烤。

🍕 比薩必學食感句

● **カリカリ！** ka.ri.ka.ri		酥酥脆脆！
● **チーズがトロトロ！** (cheese) chi.i.zu.ga.to.ro.to.ro		起司香濃牽絲！
● **ボリュームたっぷり！** (volumn) bo.ryu.u.mu.ta.p.pu.ri		份量超多！
● **この香りがたまらない！** ko.no.ka.o.ri.ga.ta.ma.ra.na.i		香得不得了！
● **食べごたえ満点！** ta.be.go.ta.e.ma.n.te.n		口感滿點！

🍕 比薩人氣MENU

● **シーフードミックスピザ** shi.i.fu.u.do.mi.k.ku.su.pi.za　海鮮比薩
（seafood mix pizza）

● **ハワイアンピザ** ha.wa.i.a.n.pi.za　夏威夷比薩
（Hawaiian pizza）

● **照焼きチキンピザ** te.ri.ya.ki.chi.ki.n.pi.za　照燒雞比薩
（てりや chicken pizza）

● **カニじゃがピザ** ka.ni.ja.ga.pi.za　蟹肉馬鈴薯比薩
（pizza）

🍕 TV美食秀實況對話

A (司会) しかい shi.ka.i	焼き上がったばかりの香ばしいにおい！ や　あ　　　　　　　　　こう ya.ki.a.ga.t.ta ba.ka.ri no ko.o.ba.shi.i ni.o.i	（主持人） 剛烤出來香氣誘人！
B (客) きゃく kya.ku	具が豊富で色々な食感が楽しめるピザですね。 ぐ　　ほうふ　いろいろ　しょっかん　たの gu ga ho.o.fu de i.ro.i.ro.na sho.k.ka.n ga ta.no.shi.me.ru pi.za de.su ne	（來賓） 料很豐富，可以品嚐到 各式各樣口感的比薩呢！
C (客) きゃく kya.ku	このピザ生地は満足感の高い仕上がり！ pizza きじ　まんぞくかん　たか　し あ ko.no pi.za ki.ji wa ma.n.zo.ku.ka.n no ta.ka.i shi.a.ga.ri	（來賓） 這個比薩餅皮做得 實在太讚了！
A (司会) しかい shi.ka.i	表面はさっくり、なかはもちもち。 ひょうめん hyo.o.me.n wa sa.k.ku.ri na.ka wa mo.chi.mo.chi	（主持人） 表皮酥脆， 內層QQ軟軟的。

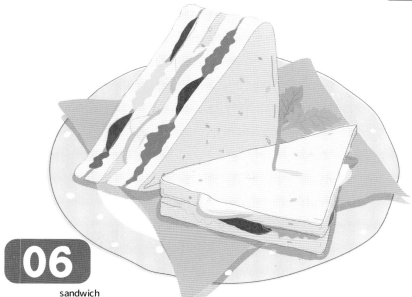

06

sandwich
サンドイッチ（sa.n.do.i.t.chi）三明治

三明治必學美味名詞

しょく 葡 pão
食パン
sho.ku.pa.n

吐司

lettuce
レタス
re.ta.su

萵苣

cheddar　cheese
チェダーチーズ
che.da.a.chi.i.zu

巧達起司

ham
ロースハム
ro.o.su.ha.mu

里肌火腿

smoked　chicken
スモークチキン
su.mo.o.ku.chi.ki.n

燻雞

法 mayonnaise
マヨネーズ
ma.yo.ne.e.zu

美乃滋

三明治必學美味動詞

❶

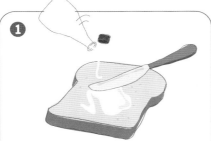

しょく 葡pao　法mayonnaise　ぬ
食パンにマヨネーズを塗る。
sho.ku.pa.n.ni.ma.yo.ne.e.zu.o.nu.ru

在吐司上塗美乃滋。

❷

ぐ ざい
具材をはさむ。
gu.za.i.o.ha.sa.mu

夾放材料。

❸

かる　お
軽く押す。
ka.ru.ku.o.su

輕壓。

❹

しょく 葡pao　　　　き お
食パンのみみを切り落とす。
sho.ku.pa.n.no.mi.mi.o.ki.ri.o.to.su

將吐司麵包邊切掉。

三明治必學食感句

●	ゆた　　あじ **豊かな味わい！** *yu.ta.ka.na.a.ji.wa.i*	滋味豐富！
●	かる　しょっかん **軽い食感！** *ka.ru.i.sho.k.ka.n*	清爽食感！
●	いがい **意外なおいしさ！** *i.ga.i.na.o.i.shi.sa*	出乎意料的好吃！
●	**しっとりしてる！** *shi.t.to.ri.shi.te.ru*	溼潤柔軟！
●	fresh **フレッシュ！** *fu.re.s.shu*	好新鮮！

06. サンドイッチ（sa.n.do.i.t.chi）三明治

三明治人氣MENU

● **カツサンド** ka.tsu.sa.n.do _{sand(wich)}		豬排三明治
● **ローストビーフサンド** ro.o.su.to.bi.i.fu.sa.n.do _{roast}　_{beef}　_{sand(wich)}		烤牛肉三明治
● **ベーグルサンド** be.e.gu.ru.sa.n.do _{bagel}　_{sand(wich)}		貝果三明治
● **ホットサンド** ho.t.to.sa.n.do _{hot}　_{sand(wich)}		熱三明治
● **ミックスサンド** mi.k.ku.su.sa.n.do _{mix}　_{sand(wich)}		總匯三明治

★ P. S. 日文常會運用縮語。"サンド"為"サンドイッチ"的縮語。

TV美食秀實況對話

A （司会） shi.ka.i	**遠足にはサンドイッチは絶対に欠かせない！** e.n.so.ku ni wa sa.n.do.i.t.chi wa ze.t.ta.i ni ka.ka.se.na.i	（主持人） 遠足絕對少不了三明治！
B （客） kya.ku	**新鮮野菜と卵とハムのハーモニーが口いっぱいに広がる！** shi.n.se.n ya.sa.i to ta.ma.go to ha.mu no ha.a.mo.ni.i ga ku.chi i.p.pa.i ni hi.ro.ga.ru	（來賓） 新鮮蔬菜、蛋和火腿的 絕配美味在口中擴散開來！
C （料理人） ryo.o.ri.ni.n	**カツサンドなんかもおすすめ！** ka.tsu.sa.n.do na.n.ka mo o.su.su.me	（廚師） 說什麼都要推薦 豬排三明治！
A （司会） shi.ka.i	**いつでも、どこでも、気軽に、おいしく！** i.tsu.de.mo do.ko.de.mo ki.ga.ru.ni o.i.shi.ku	（主持人） 隨時隨地， 輕鬆又可口！

130

07

法 macaroni au gratin
マカロニグラタン
(ma.ka.ro.ni.gu.ra.ta.n) 焗烤通心粉

焗烤通心粉必學美味名詞

義 pizza よう cheese
ピザ用チーズ
pi.za.yo.o.chi.i.zu

比薩用起司

white sauce
ホワイトソース
ho.wa.i.to.so.o.su

白醬

法 macaroni
マカロニ
ma.ka.ro.ni

通心粉

butter
バター
ba.ta.a

奶油

milk
ミルク
mi.ru.ku

牛奶

こ むぎ こ
小麦粉
ko.mu.gi.ko

麵粉

焗烤通心粉必學美味動詞

❶

^{法 macaroni}
マカロニをゆでる。
ma.ka.ro.ni.o.yu.de.ru

燙通心粉。

❷

^ぐ ^{法 gratin} ^{さら} ^も
具をグラタン皿に盛る。
gu.o.gu.ra.ta.n.sa.ra.ni.mo.ru

將材料放上焗烤盤。

❸

^{義 pizza よう cheese ち}
ピザ用チーズを散らす。
pi.za.yo.o.chi.i.zu.o.chi.ra.su

撒上比薩用起司。

❹

^{oven や}
オーブンで焼く。
o.o.bu.n.de.ya.ku

放入烤箱烘烤。

焗烤通心粉必學食感句

● ^{creamy}
クリーミー！ *ku.ri.i.mi.i*　　　　　　　　　　*濃稠滑順！*

● **まろやかな舌触り！** *ma.ro.ya.ka.na.shi.ta.za.wa.ri*　*香醇可口！*

● **外はこんがり、中はホクホク！** *so.to.wa.ko.n.ga.ri, na.ka.wa.ho.ku.ho.ku*　*外層金黃酥香、裡頭鬆鬆軟軟！*

● **あつあつ！** *a.tsu.a.tsu*　　　　　　　　　　*熱呼呼！*

● ^{ぜつみょう combination}
絶妙なコンビネーション！ *ze.tsu.myo.o.na.ko.n.bi.ne.e.sho.n*　*絕佳組合！*

焗烤人氣MENU

● **帽立貝のグラタン**（ほ たて がい）（法 gratin） ho.ta.te.ga.i.no.gu.ra.ta.n　　焗烤干貝

● **カボチャのミートグラタン**（meat）（法 gratin） ka.bo.cha.no.mi.i.to.gu.ra.ta.n　　焗烤南瓜肉醬

● **ポテトグラタン**（potato）（法 gratin） po.te.to.gu.ra.ta.n　　焗烤馬鈴薯

● **ペンネのエビグラタン**（penne）（法 gratin） pe.n.ne.no.e.bi.gu.ra.ta.n　　焗烤蝦仁筆尖麵

TV美食秀實況對話

A （司会） しかい shi.ka.i	**こんがりと焼けたとろけるチーズの香りが食欲を刺激する！** ko.n.ga.ri to ya.ke.ta to.ro.ke.ru chi.i.zu no ka.o.ri ga sho.ku.yo.ku o shi.ge.ki.su.ru	（主持人） 烤得剛剛好融化的起司 香氣會刺激食慾呢！
B （客） きゃく kya.ku	**我慢できませんね！** が まん ga.ma.n de.ki.ma.se.n ne	（來賓） 真是令人受不了啊！
C （客） きゃく kya.ku	**下に隠れたライスが油っぽさを和らげてくれる。** した かく　　　　あぶら　　　　やわ shi.ta. ni ka.ku.re.ta ra.i.su ga a.bu.ra.p.po.sa o ya.wa.ra.ge.te.ku.re.ru	（來賓） 隱藏在下層的米飯 緩和了油膩感。
D （客） きゃく kya.ku	**こんなにおいしいグラタンは初めてです！** はじ ko.n.na.ni o.i.shi.i gu.ra.ta.n wa ha.ji.me.te.de.su	（來賓） 第一次嚐到 這麼好吃的焗烤！

08

hash rice
ハヤシライス (ha.ya.shi.ra.i.su) 牛肉燴飯

🍛 牛肉燴飯必學美味名詞

玉ねぎ
（たま）
ta.ma.ne.gi
洋蔥

牛薄切り肉
（ぎゅう うす ぎ）（にく）
gyu.u.u.su.gi.ri.ni.ku
牛肉薄片

wine
赤ワイン
（あか）
a.ka.wa.i.n
紅酒

demi-glace　sauce
デミグラスソース
de.mi.gu.ra.su.so.o.su
濃縮肉醬汁・褐醬

tomato　paste
トマトペースト
to.ma.to.pe.e.su.to
濃縮番茄醬

mushroom
マッシュルーム
ma.s.shu.ru.u.mu
蘑菇

🍳 牛肉燴飯必學美味動詞

牛肉と玉ねぎを炒める。
gyu.u.ni.ku.to.ta.ma.ne.gi.o.i.ta.me.ru

拌炒牛肉和洋蔥。

下味をつける。
shi.ta.a.ji.o.tsu.ke.ru

調味。

demi-glace   sauce
デミグラスソースを加える。
de.mi.gu.ra.su.so.o.su.o.ku.wa.e.ru

加入褐醬。

皿に盛ったご飯にかける。
sa.ra.ni.mo.t.ta.go.ha.n.ni.ka.ke.ru

裝盤後再添飯。

🍳 牛肉燴飯必學食感句

● **味わい深い！** a.ji.wa.i.bu.ka.i　　　　令人回味無窮！

● **牛肉たっぷり！** gyu.u.ni.ku.ta.p.pu.ri　　　牛肉好多啊！

● **とろとろ！** to.ro.to.ro　　　　香醇濃稠！

● **懐かしい味〜** na.tsu.ka.shi.i.a.ji　　　好令人懷念的味道啊〜

● **大満腹！** da.i.ma.n.pu.ku　　　超級飽的！

08. ハヤシライス（ha.ya.shi.ra.i.su）牛肉燴飯

🍽 牛肉燴飯人氣MENU

● **夏野菜のハヤシライス** _{なつ や さい} na.tsu.ya.sa.i.no.ha.ya.shi.ra.i.su　　夏季蔬菜牛肉燴飯

● **トマトのハヤシライス** to.ma.to.no.ha.ya.shi.ra.i.su　　　　　番茄牛肉燴飯

● **ハヤシオムライス** ha.ya.shi.o.mu.ra.i.su　　　　　　　　蛋包牛肉燴飯

● **牛フィレとキノコのハヤシライス** gyu.u.fi.re.to.ki.no.ko.no.ha.ya.shi.ra.i.su　牛菲力洋菇燴飯

🍽 TV美食秀實況對話

A (司会) shi.ka.i	今日は、人気のハヤシライス屋さんに来ました。 kyo.o wa ni.n.ki no ha.ya.shi.ra.i.su.ya.sa.n ni ki.ma.shi.ta	（主持人） 今天來到人氣十足的 牛肉燴飯餐廳。
B (客) kya.ku	具だくさんですねえ。 gu.da.ku.sa.n de.su.ne.e	（來賓） 料好多呢！
C (料理人) ryo.o.ri.ni.n	まろやかな舌ざわりのよいソース。 ma.ro.ya.ka.na shi.ta.za.wa.ri no yo.i so.o.su	（廚師） 美味香醇的醬汁具 有柔和的口感。
B (客) kya.ku	いくら食べてももたれないのがいいところ！ i.ku.ra ta.be.te mo mo.ta.re.na.i no ga i.i to.ko.ro	（來賓） 最大優點是 怎麼吃都吃不膩！

136

09

西 paella
パエリア (pa.e.ri.a) 西班牙炒飯

🍚 西班牙炒飯必學美味名詞

米
ko.me

米

えび
e.bi

蝦

あさり
a.sa.ri

海瓜子

paprika
パプリカ
pa.pu.ri.ka

彩椒

saffron
サフラン
sa.fu.ra.n

番紅花

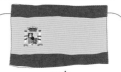

spain
スペイン
su.pe.i.n

西班牙

🍳 西班牙炒飯必學美味動詞

野菜と米を炒める。
ya.sa.i.to.ko.me.o.i.ta.me.ru

拌炒蔬菜和米。

魚介類を米の上に並べる。
gyo.ka.i.ru.i.o.ko.me.no.u.e.ni.na.ra.be.ru

將海鮮類排放在米上。

パエリアを炊く。
pa.e.ri.a.o.ta.ku

用弱火炊煮。

レモンとパセリを添える。
re.mo.n.to.pa.se.ri.o.so.e.ru

放上檸檬和荷蘭芹。

🍳 西班牙炒飯必學食感句

● **香ばしいにおい！** ko.o.ba.shi.i.ni.o.i　　好香的味道啊！

● **鮮やかな黄色！** a.za.ya.ka.na.ki.i.ro　　好鮮豔的黃色啊！

● **心も体も温かい！** ko.ko.ro.mo.ka.ra.da.mo.a.ta.ta.ka.i　身心都暖了起來！

● **量の多さにびっくり！** ryo.o.no.o.o.sa.ni.bi.k.ku.ri　份量驚人！

● **ちょっぴりスパイシー〜** cho.p.pi.ri.su.pa.i.shi.i　有點辣辣的〜

🥘 西班牙炒飯人氣MENU

● 魚貝のパエリア ^{ぎょかい} ^{西 paella} gyo.ka.i.no.pa.e.ri.a　　　海鮮西班牙炒飯

● タラバガニとホタテのパエリア ^{西 paella} ta.ra.ba.ga.ni.to.ho.ta.te.no.pa.e.ri.a　鱈場蟹干貝西班牙炒飯

● イカスミのパエリア ^{西 paella} i.ka.su.mi.no.pa.e.ri.a　　　墨魚西班牙炒飯

● 山の幸のパエリア ^{やま さち 西 paella} ya.ma.no.sa.chi.no.pa.e.ri.a　　山蔬野菜西班牙炒飯

● あさりと鶏肉のパエリア ^{とりにく 西 paella} a.sa.ri.to.to.ri.ni.ku.no.pa.e.ri.a　海瓜子雞肉西班牙炒飯

🥘 TV美食秀實況對話

A しかい （司会） shi.ka.i	^{Spain} ^{りょうり} ^{西 paella} スペイン料理といえばやっぱりパエリア！ su.pe.i.n.ryo.o.ri to i.e.ba ya.p.pa.ri pa.e.ri.ya	（主持人） 最能代表西班牙的料理 就是西班牙炒飯！
B きゃく （客） kya.ku	^{saffron} ^{おうごんいろ そ こめ} わあ！サフランで黄金色に染まったお米がきれい！ wa sa.fu.ra.n.de o.o.go.n.i.ro.ni so.ma.tta o.ko.me ga ki.re.i	（來賓） 哇！被番紅花染成 金黃色的飯好美啊！
C きゃく （客） kya.ku	^{うえ} ^{seafood} ^{ごうか} 上にたっぷりのったシーフードが豪華！ u.e.ni.ta.p.pu.ri.no.tta.shi.i.fu.u.do.ga.go.o.ka	（來賓） 上面鋪滿海鮮 眞是豪華呢！
D きゃく （客） kya.ku	^{colorful} ^{ぜいたく} カラフル！贅沢！ ka.ra.fu.ru ze.i.ta.ku	（來賓） 繽紛多彩！太奢侈啦！

10

石焼きビビンバ
（い）（や）
(i.shi.ya.ki.bi.bi.n.ba) 韓國石鍋拌飯

🍲 韓國石鍋拌飯必學美味名詞

豆もやし
（まめ）
ma.me.mo.ya.shi

豆芽

ほうれん草
（そう）
ho.o.re.n.so.o

菠菜

ゼンマイ
ze.n.ma.i

薇菜

にんじん
ni.n.ji.n

紅蘿蔔

刻み海苔
（きざ）（のり）
ki.za.mi.no.ri

海苔絲

コチュジャン
ko.chu.ja.n

韓國辣椒醬

❶

topping
トッピングの下ごしらえをする。
to.p.pi.n.gu.no.shi.ta.go.shi.ra.e.o.su.ru

準備配料。

❷

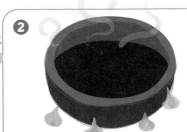

石鍋を焼く。
i.shi.na.be.o.ya.ku

烤熱石鍋。

❸

ご飯と具を盛る。
go.ha.n.to.gu.o.mo.ru

盛放飯和配料。

❹

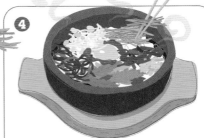

熱いうちに混ぜて食べる！
a.tsu.i.u.chi.ni.ma.ze.te.ta.be.ru

趁熱攪拌快吃！

🍲 韓國石鍋拌飯必學食感句

● **激うま！** ge.ki.u.ma		超好吃的！
● **香ばしい！** ko.o.ba.shi.i		好香啊！
● **お焦げがおいしい！** o.ko.ge.ga.o.i.shi.i		鍋巴好好吃！
● **まぜるほどにおいしくなる！**	ma.ze.ru.ho.do.ni o.i.shi.ku.na.ru	越拌越好吃！
● **この音が食欲をそそる！**	ko.no.o.to.ga sho.ku.yo.ku.o.so.so.ru	這個聲音真讓人食慾大開啊！

10. 石焼きビビンバ（i.shi.ya.ki.bi.bi.n.ba）韓國石鍋拌飯

韓國料理人氣MENU

● **チジミ** chi.ji.mi		韓式煎餅
● **ビビン麺** bi.bi.n.me.n		韓式涼拌麵
● **プルコギ** pu.ru.ko.gi		韓國烤肉
● **キムチ** ki.mu.chi		韓國泡菜
● **ユッケジャンクッパ** yu.k.ke.ja.n.ku.p.pa		韓式牛肉蔬菜泡飯

TV美食秀實況對話

A
(店員)
te.n.i.n

豪快にかき混ぜてください。
go.o.ka.i ni ka.ki.ma.ze.te ku.da.sa.i

（店員）
請豪爽的攪拌。

B
(客)
kya.ku

具だくさんでボリュームたっぷり！
gu.da.ku.sa.n de bo.ryu.u.mu ta.p.pu.ri

（客人）
料多滿滿！

C
(客)
kya.ku

底にできるおこげが香ばしいですね！
so.ko ni de.ki.ru o.ko.ge ga
ko.o.ba.shi.i.de.su ne

（客人）
底部焦焦的鍋巴好香啊！

D
(司会)
shi.ka.i

あとを引くうまさ！
a.to o hi.ku u.ma.sa

（主持人）
吃了還想再吃的美味！

麵包＆甜點
人氣TOP10

Bread & Dessert

01 メロンパン(me.ro.n.pa.n) 菠蘿麵包

02 イチゴのショートケーキ(i.chi.go.no.sho.o.to.ke.e.ki) 草莓蛋糕

03 シュークリーム(shu.u.ku.ri.i.mu) 泡芙

04 プリン(pu.ri.n) 布丁

05 クレープ(ku.re.e.pu) 可麗餅

06 ワッフル(wa.f.fu.ru) 鬆餅

07 アイスクリーム(a.i.su.ku.ri.i.mu) 冰淇淋

08 宇治金時(u.ji.ki.n.to.ki) 抹茶紅豆冰

09 鯛焼き(ta.i.ya.ki) 鯛魚燒

10 豆大福(ma.me.da.i.fu.ku) 紅豆麻糬

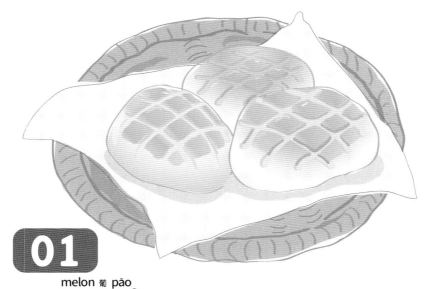

01

melon 葡 pāo

メロンパン（me.ro.n.pa.n）菠蘿麵包

🍈 菠蘿麵包必學美味名詞

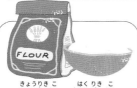

きょうりき こ／はくりき こ
強力粉／薄力粉
kyo.o.ri.ki.ko/ha.ku.ri.ki.ko

高筋麵粉／低筋麵粉

dry yeast
ドライイースト
do.ra.i.i.i.su.to

乾酵母

granulated とう
グラニュー糖
gu.ra.nyu.u.to.o

砂糖

biscuit き じ
ビスケ生地
bi.su.ke.ki.ji

脆皮麵糰

scraper
スケッパー
su.ke.p.pa.a

刮板

もく
木べら
mo.ku.be.ra

木匙

菠蘿麵包必學美味動詞

①

biscuit きじ ほん きじ つつ
ビスケ生地で本生地を包む。
bi.su.ke.ki.ji.de.ho.n.ki.ji.o.tsu.tsu.mu

用脆皮麵糰包住基礎麵糰。

②

granulated とう
グラニュー糖をまぶす。
gu.ra.nyu.u.to.o.o.ma.bu.su

沾上砂糖。

③

こう し がら きざ
格子柄を刻む。
ko.o.shi.ga.ra.o.ki.za.mu

劃上格子紋。

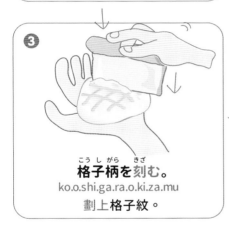

④

はっこう oven い
発酵させてからオーブンに入れる。
ha.k.ko.o.sa.se.te.ka.ra.o.o.bu.n.ni.i.re.ru

發酵後放入烤箱。

菠蘿麵包必學食感句

● **ふんわりサクサク！** *fu.n.wa.ri.sa.ku.sa.ku*　　　膨鬆香酥！

かわ
● **皮はカリカリ！** *ka.wa.wa.ka.ri.ka.ri*　　　外皮酥脆！

なか
● **中はしっとり！** *na.ka.wa.shi.t.to.ri*　　　內層滑潤！

いろ
● **きれいなメロン色！** *ki.re.i.na.me.ro.n.i.ro*　　　好美的哈密瓜色！

こう にお
● **香ばしい匂い！** *ko.o.ba.shi.i.ni.o.i*　　　香噴噴的！

01. メロンパン（me.ro.n.pa.n）菠蘿麵包

菠蘿麵包人氣MENU

● チョコチップメロンパン cho.ko.chi.p.pu.me.ro.n.pa.n　　巧克力脆片菠蘿麵包
　 (chocolatchip melon 葡 pão)

● 夕張メロンパン yu.u.ba.ri.me.ro.n.pa.n　　夕張哈密瓜菠蘿麵包
　 (ゆうばり melon 葡 pão)

● バナナメロンパン ba.na.na.me.ro.n.pa.n　　香蕉菠蘿麵包
　 (banana melon 葡 pão)

● カボチャメロンパン ka.bo.cha.me.ro.n.pa.n　　南瓜菠蘿麵包
　 (melon 葡 pão)

● りんごメロンパン ri.n.go.me.ro.n.pa.n　　蘋果菠蘿麵包
　 (melon 葡 pão)

TV美食秀實況對話

A しかい （司会） shi.ka.i	焼きたてパン屋さんで売れ売れのメロンパン！ ya.ki.ta.te pa.n.ya.sa.n de u.re.u.re no me.ro.n.pa.n	（主持人） 剛出爐的麵包店中， 超熱賣的菠蘿麵包！
B きゃく （客） kya.ku	実は種類も豊富！ ji.tsu wa shu.ru.i mo ho.o.fu	（來賓） 事實上種類也 很豐富哦！
C 法 chef （シェフ） she.fu	中はやわらかく、外はカリカリ！ na.ka wa ya.wa.ra.ka.ku so.to wa ka.ri.ka.ri	（麵包師傅） 裡面軟呼呼、 外皮酥脆脆！
A しかい （司会） shi.ka.i	人気の理由はここですね！ ni.n.ki no ri.yu.u wa ko.ko de.su ne	（主持人） 這就是人氣的理由呢！

02

イチゴのショートケーキ
short　　　　　　cake

(i.chi.go.no.sho.o.to.ke.e.ki) 草莓蛋糕

🍰 草莓蛋糕必學美味名詞

いちご
i.chi.go
草莓

シロップ
syrup
shi.ro.p.pu
糖漿

ホイップクリーム
whip　　cream
ho.i.p.pu.ku.ri.i.mu
打發鮮奶油

スポンジケーキ
spong　　cake
su.po.n.ji.ke.e.ki
海綿蛋糕

パレットナイフ
palette　knife
pa.re.t.to.na.i.fu
刮刀

はけ
ha.ke
刷子

草莓蛋糕必學美味動詞

❶
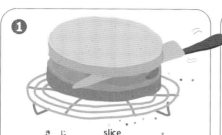
生地をスライスする。
ki.ji.o.su.ra.i.su.su.ru
將海綿蛋糕切開。

❷
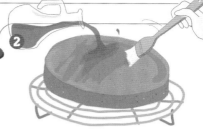
シロップをはけでしみ込ませる。
shi.ro.p.pu.o.ha.ke.de.shi.mi.ko.ma.se.ru
用刷子刷糖漿使之吸收。

❸
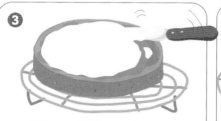
ホイップクリームを塗り広げる。
ho.i.p.pu.ku.ri.i.mu.o.nu.ri.hi.ro.ge.ru
將發泡鮮奶油抹勻。

❹

デコレーションする。
de.ko.re.e.sho.n.su.ru
裝飾。

草莓蛋糕必學食感句

● 初恋の味〜 *ha.tsu.ko.i.no.a.ji*　　　　　初戀滋味〜

● 甘酸っぱい！ *a.ma.zu.p.pa.i*　　　　　酸酸甜甜！

● 新鮮なイチゴ！ *shi.n.se.n.na.i.chi.go*　　　新鮮草莓耶！

● まろやかな生クリーム！ *ma.ro.ya.ka.na.na.ma.ku.ri.i.mu*　好滑順的鮮奶油！

● ふわふわのスポンジ！ *fu.wa.fu.wa.no.su.po.n.ji*　海綿鬆鬆軟軟的！

🍰 蛋糕人氣MENU

● **チーズケーキ** chi.i.zu.ke.e.ki
cheese cake
起司蛋糕

● **モンブラン** mo.n.bu.ra.n
法 mont-blanc
蒙布朗栗子蛋糕

● **シフォンケーキ** shi.fo.n.ke.e.ki
法 chiffon cake
戚風蛋糕

● **ティラミス** ti.ra.mi.su
義 tiramisu
提拉米蘇

● **フルーツロール** fu.ru.u.tsu.ro.o.ru
fruit roll
水果瑞士捲

🍰 TV美食秀實況對話

A
しかい
（司会）
shi.ka.i

いつも客足が絶えないケーキ屋さんにお邪魔しています。
i.tsu.mo kya.ku.a.shi ga ta.e na.i
ke.e.ki.ya.sa.n ni o.ja.ma.shi.te.i.ma.su

（主持人）
今天來拜訪這家客人總是源源不絕的蛋糕店。

B
きゃく
（客）
kya.ku

旬のイチゴを使った手作りケーキにめろめろなんです。
shu.n no i.chi.go o tsu.ka.t.ta te.zu.ku.ri
ke.e.ki ni me.ro.me.ro na.n de.su

（客人）
使用當季新鮮草莓的手工蛋糕好柔軟膨鬆。

C
きゃく
（客）
kya.ku

フレッシュな生クリームがなんとも繊細な味わい。
fu.re.s.shu.na na.ma.ku.ri.i.mu ga
na.n.to.mo se.n.sa.i.na a.ji.wa.i

（客人）
新鮮的鮮奶油風味眞是細緻。

A
しかい
（司会）
shi.ka.i

カロリー抑え目なのも魅力！
ka.ro.ri.i o.sa.e.me na no mo mi.ryo.ku

（主持人）
低卡路里也是它的魅力所在！

03

法 chou à la crème
シュークリーム(shu.u.ku.ri.i.mu)泡芙

🍮 泡芙必學美味名詞

法 chou き じ
シュー生地
shu.u.ki.ji
泡芙麵糊

む えん butter
無塩バター
mu.e.n.ba.ta.a
無鹽奶油

custard　　cream
カスタードクリーム
ka.su.ta.a.do.ku.ri.i.mu
卡士達醬

vanilla　　beans
バニラビーンズ
ba.ni.ra.bi.i.n.zu
香草豆

らんおう
卵黄
ra.n.o.o
蛋黃

cornstarch
コーンスターチ
ko.o.n.su.ta.a.chi
玉米粉

🧁 泡芙必學美味動詞

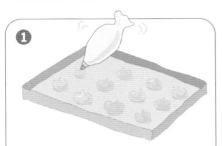

シュー生地を絞って焼く。
_{法 chou きじ しぼ や}
shu.u.ki.ji.o.shi.bo.t.te.ya.ku

擠出泡芙麵糊後烘烤。

上から1/3のところで切る。
_{うえ さんぶんのいち き}
u.e.ka.ra.sa.n.bu.n.no.i.chi.no.to.ko.ro.de.ki.ru

從上面三分之一處切開。

カスタードクリームを詰める。
_{custard cream つ}
ka.su.ta.a.do.ku.ri.i.mu.o.tsu.me.ru

擠入卡士達醬。

粉砂糖を振る。
_{こなざとう ふ}
ko.na.za.to.o.o.fu.ru

撒上糖粉。

🧁 泡芙必學食感句

● **濃厚なクリーム！** no.o.ko.o.na.ku.ri.i.mu　　　　　好香濃的醬啊！

● **ふわふわしてる！** fu.wa.fu.wa.shi.te.ru　　　　　鬆鬆軟軟的！

● **とろける！** to.ro.ke.ru　　　　　入口即化！

● **やさしいバニラの香り〜** ya.sa.shi.i.ba.ni.ra.no.ka.o.ri 好迷人的香草香〜

● **やみつきになりそう！** ya.mi.tsu.ki.ni.na.ri.so.o 彷彿讓人一吃上癮呢！

151

03. シュークリーム（shu.u.ku.ri.i.mu）泡芙

🥐 泡芙人氣MENU

● マロンシュークリーム（法 marron・法 chou à la crème） ma.ro.n.shu.u.ku.ri.i.mu	栗子泡芙
● イチゴシュークリーム（法 chou à la crème） i.chi.go.shu.u.ku.ri.i.mu	草莓泡芙
● パイシュークリーム（pie・法 chou à la crème） pa.i.shu.u.ku.ri.i.mu	派皮泡芙
● はちみつシュークリーム（法 chou à la crème） ha.chi.mi.tsu.shu.u.ku.ri.i.mu	蜂蜜泡芙
● コーヒーシュークリーム（coffee・法 chou à la crème） ko.o.hi.i.shu.u.ku.ri.i.mu	咖啡泡芙

🥐 TV美食秀實況對話

A
しかい
（司会）
shi.ka.i

いつ来ても新鮮ですよね！
i.tsu ki.te mo shi.n.se.n de.su yo ne

（主持人）
無論何時來都很新鮮呢！

B
きゃく
（客）
kya.ku

クリーム（cream）が舌の上で踊っているよう！
ku.ri.i.mu ga shi.ta no u.e de
o.do.t.te.i.ru.yo.o

（客人）
奶油餡就像
在舌尖上跳舞呢！

C
きゃく
（客）
kya.ku

ふわふわの皮も、見逃せない。
fu.wa.fu.wa no ka.wa mo mi.no.ga.se.na.i

（客人）
膨鬆的外皮更是
不能錯過。

A
しかい
（司会）
shi.ka.i

一度食べるとやみつきになります！
i.chi.do ta.be.ru to ya.mi.tsu.ki.ni na.ri.ma.su

（主持人）
吃過一次就上癮了！

04
pudding
プリン(pu.ri.n)布丁

🐮 布丁必學美味名詞

ぎゅうにゅう
牛乳
gyu.u.nyu.u
牛奶

たまご
玉子
ta.ma.go
蛋

vanilla　essence
バニラエッセンス
ba.ni.ra.e.s.se.n.su
香草精

caramel　sauce
カラメルソース
ka.ra.me.ru.so.o.su
焦糖醬

pudding　がた
プリン型
pu.ri.n.ga.ta
布丁模型

bowl
ボウル
bo.o.ru
攪拌碗

04. プリン(pu.ri.n)布丁

布丁必學美味動詞

❶
caramel　sauce　pudding えき つく
カラメルソース・プリン液を作る。
ka.ra.me.ru.so.o.su・ pu.ri.n.e.ki.o.tsu.ku.ru
製作焦糖醬和布丁液。

❷
pudding がた なが い
プリン型に流し入れる。
pu.ri.n.ga.ta.ni.na.ga.shi.i.re.ru
倒入布丁模型。

❸
む や
蒸し焼きにする。
mu.shi.ya.ki.ni.su.ru
蒸烤。

❹
かた
型からはずす。
ka.ta.ka.ra.ha.zu.su
脫模。

布丁必學食感句

● **なめらかー！** na.me.ra.ka.a 　　　　　　好滑嫩啊！

● あま かお くち ひろ
甘い香りが口いっぱいに広がる！ a.ma.i.ka.o.ri.ga.ku.chi
i.p.pa.i.ni.hi.ro.ga.ru 　滿口香甜！

● こころ からだ あたた
心も体も温かい！ ko.ko.ro.mo.ka.ra.da.mo.a.ta.ta.ka.i 身心都暖了起來！

● じょうひん あじ
上品な味〜 jo.o.hi.n.na.a.ji 　　　　　　　風味高雅迷人〜

● だんりょく
弾力がある！ da.n.ryo.ku.ga.a.ru 　　　　　好有彈性！

布丁人氣MENU

● **カスタードプリン** ka.su.ta.a.do.pu.ri.n （custard pudding）　　卡士達布丁

● **パンプキンプリン** pa.n.pu.ki.n.pu.ri.n （pumpkin pudding）　　南瓜布丁

● **アールグレイ紅茶プリン** a.a.ru.gu.re.i.ko.o.cha.pu.ri.n （earl grey こうちゃ pudding）　　伯爵紅茶布丁

● **マンゴープリン** ma.n.go.o.pu.ri.n （mango pudding）　　芒果布丁

● **焼きチーズプリン** ya.ki.chi.i.zu.pu.ri.n （や cheese pudding）　　烤起司布丁

TV美食秀實況對話

A しかい （司会） shi.ka.i	**うわあ、プルプル！** u.wa.a pu.ru.pu.ru	（主持人） 哇！滑嫩QQ！
B きゃく （客） kya.ku	**まろやかな卵味プリン！** （たまごあじ pudding） ma.ro.ya.ka.na. ta.ma.go.a.ji pu.ri.n	（來賓） 香醇柔滑的雞蛋布丁！
C きゃく （客） kya.ku	**濃厚なカラメルが口の中で、とけていく！** （のうこう caramel くち なか） no.o.ko.o.na ka.ra.me.ru ga ku.chi no na.ka de to.ke.te i.ku	（來賓） 濃郁的焦糖 在口中融化開來！
D きゃく （客） kya.ku	**もう、やめられない！** mo.o ya.me.ra.re.na.i	（來賓） 真是讓人欲罷不能啊！

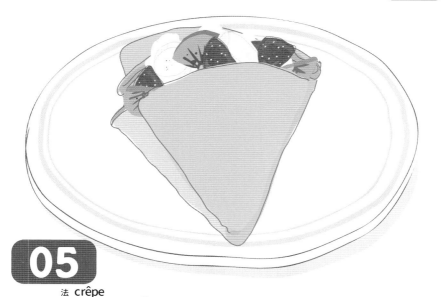

05

法 crêpe
クレープ (ku.re.e.pu) 可麗餅

 可麗餅必學美味名詞

義 gelato　　　choco(late)
ジェラート in イチゴチョコ
je.ra.a.to　in i.chi.go cho.ko
草莓巧克力冰淇淋可麗餅

banana　custard　choco(late)
バナナカスタードチョコ
ba.na.na.ka.su.ta.a.do.cho.ko
香蕉卡士達巧克力可麗餅

blueberry　rare　cheese
ブルーベリーレアチーズ
bu.ru.u.be.ri.i.re.a.chi.i.zu
藍莓起司蛋糕可麗餅

fresh　　fruit
フレッシュフルーツ
fu.re.s.shu.fu.ru.u.tsu
鮮果可麗餅

義 gelato　　法 cafe mocha
ジェラート in カフェモカ
je.ra.a.to　in ka.fe.mo.ka
咖啡摩卡冰淇淋可麗餅

fresh　　mix　　berry
フレッシュミックスベリー
fu.re.s.shu.mi.k.ku.su.be.ri.i
綜合鮮莓可麗餅

可麗餅必學美味動詞

生地の材料をよく混ぜる。
ki.ji.no.za.i.ryo.o.o.yo.ku.ma.ze.ru
將麵糊材料攪拌均勻。

生地を休ませる。
ki.ji.o.ya.su.ma.se.ru
讓麵糊醒發。

弱めの中火で焼く。
yo.wa.me.no.chu.u.bi.de.ya.ku
用弱中火煎烤。

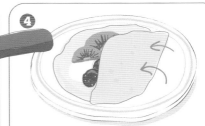

好みの具を包む。
ko.no.mi.no.gu.o.tsu.tsu.mu
將喜愛的材料捲包起來。

 ## 可麗餅必學食感句

● **フワッと香る！** *fu.wa.t.to.ka.o.ru* 　　　　　　香氣四溢！

● **まろやかなハーモニー！** *ma.ro.ya.ka.na.ha.a.mo.ni.i* 　香醇柔滑的完美搭配！
  （harmony）

● **ふんわりカスタード！** *fu.n.wa.ri.ka.su.ta.a.do* 　好滑潤的卡士達醬！
  （custard）

● **バリエーション豊富！** *ba.ri.e.e.sho.n.ho.o.fu* 　　　　花樣豐富！
  （variation）

● **オシャレな味！** *o.sha.re.na.a.ji* 　　　　　　好時髦的口味！

05. クレープ（ku.re.e.pu）可麗餅

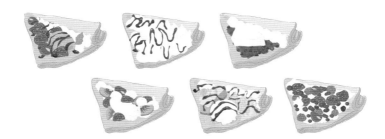

TV美食秀實況對話

A
しかい
（司会）
shi.ka.i

見るだけでよだれがこぼれそうなクレープ！
mi.ru da.ke de yo.da.re ga
ko.bo.re.so.o.na ku.re.e.pu

（主持人）　光看就讓人垂涎三尺的可麗餅！

B
きゃく
（客）
kya.ku

しっとりした生地からクリームがあふれんばかり！
shi.t.to.ri.shi.ta ki.ji ka.ra ku.ri.i.mu ga
a.fu.re.n.ba.ka.ri

（來賓）　濕潤餅皮上盡是滿滿的鮮奶油！

A
しかい
（司会）
shi.ka.i

フレッシュフルーツのいろどりが魅惑的な罠。
fu.re.s.shu fu.ru.u.tsu no i.ro.do.ri ga
mi.wa.ku.te.ki.na wa.na

（主持人）　色彩鮮豔的新鮮水果具有魅力十足的誘惑力。

B
きゃく
（客）
kya.ku

とにかく、食べるしかない！
to.ni.ka.ku ta.be.ru.shi.ka.na.i

（來賓）　總之，先嚐為快！

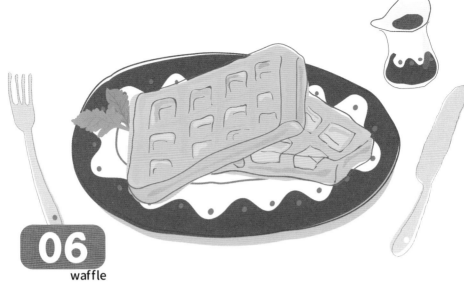

06
waffle
ワッフル（wa.f.fu.ru）鬆餅

 鬆餅必學美味名詞

hot cake mix
ホットケーキミックス
ho.t.to.ke.e.ki.mi.k.ku.su
鬆餅粉

ハチミツ
ha.chi.mi.tsu
蜂蜜

maple syrup
メイプルシロップ
me.i.pu.ru.shi.ro.p.pu
楓糖漿

あわ だ き
泡立て器
a.wa.da.te.ki
攪拌器

gum
ゴムベラ
go.mu.be.ra
橡皮刮刀

waffle maker
ワッフルメーカー
wa.f.fu.ru.me.e.ka.a
鬆餅機

🧇 鬆餅必學美味動詞

❶

waffle **maker** ワッフルメーカーを予熱する。
wa.f.fu.ru.me.e.ka.a.o.yo.ne.tsu.su.ru

預熱鬆餅機。

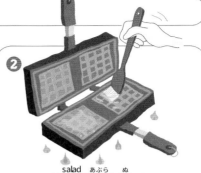

❷

salad サラダ油を塗る。
sa.ra.da.a.bu.ra.o.nu.ru

塗上沙拉油。

❸

型に生地を流し入れる。
ka.ta.ni.ki.ji.o.na.ga.shi.i.re.ru

將麵糊倒入模型。

❹

両面をキツネ色になるまで焼く。
ryo.o.me.no.ki.tsu.ne.i.ro.ni.na.ru.ma.de.ya.ku

將兩面烤至金黃色。

🧇 鬆餅必學食感句

● さくさく！ sa.ku.sa.ku　　　　　　　酥酥脆脆！

● ほんのりと甘い〜 ho.n.no.ri.to.a.ma.i　　　淡淡香甜〜

● 香ばしい！ ko.o.ba.shi.i　　　　　　　好香啊！

● 絶妙なハーモニー！ **harmony** ze.tsu.myo.o.na.ha.a.mo.ni.i　絶妙完美組合！

● 楽しいひととき！ ta.no.shi.i.hi.to.to.ki　　　歡樂時刻！

鬆餅人氣MENU

● **プレーンワッフル** ^{plain waffle}	pu.re.e.n.wa.f.fu.ru	原味鬆餅
● **シナモンアップルのワッフル** ^{cinnamom apple waffle}	shi.na.mo.n a.p.pu.ru no wa.f.fu.ru	肉桂蘋果鬆餅
● **キャラメルソースのワッフル** ^{caramel sauce waffle}	kya.ra.me.ru.so.o.su no wa.f.fu.ru	焦糖鬆餅
● **季節のフルーツ&ジェラートのワッフル** ^{きせつ fruit 義gelato waffle}	ki.se.tsu.no. fu.ru.u.tsu a.n.do je.ra.a.to.no.wa.f.fu.ru	時令水果冰淇淋鬆餅
● **メープルウォールナッツワッフル** ^{maple walnut waffle}	me.e.pu.ru.wo.o.ru.na.t.tsu wa.f.fu.ru	楓糖核桃鬆餅

TV美食秀實況對話

A しかい **（司会）** shi.ka.i	**サクっと ライトな食感がさわやか。** ^{light しょっかん} sa.ku t.to ra.i.to.na sho.k.ka.n ga sa.wa.ya.ka	（主持人） 酥鬆淡雅的口感很 清爽。
B きゃく **（客）** kya.ku	**トッピングのアイスクリームとの相性もぴったり。** ^{topping ice cream あいしょう} to.p.pi.n.gu no a.i.su.ku.ri.i.mu to no a.i.sho.o mo pi.t.ta.ri	（來賓） 配上冰淇淋 感覺很搭。
C きゃく **（客）** kya.ku	**メープルシロップをかけても、ぴったり！** ^{maple syrup} me.e.pu.ru.shi.ro.p.pu o ka.ke.te. mo pi.t.ta.ri	（來賓） 淋上楓糖漿更是 絕配！
D きゃく **（客）** kya.ku	**満点のデザートですね。** ^{まんてん dessert} ma.n.te.n no de.za.a.to de.su ne	（來賓） 眞是百分百的 完美甜點呢！

07 アイスクリーム
ice cream
(a.i.su.ku.ri.i.mu) 冰淇淋

 冰淇淋必學美味名詞

milk
イチゴミルク
i.chi.go.mi.ru.ku

草莓牛奶

chocolate mint
チョコレートミント
cho.ko.re.e.to.mi.n.to

薄荷巧克力

musk melon
マスクメロン
ma.su.ku.me.ro.n

哈密瓜

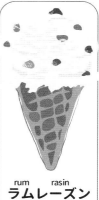

rum rasin
ラムレーズン
ra.mu.re.e.zu.n

蘭姆葡萄

vanilla
バニラ
ba.ni.ra

香草

caramel
キャラメル
kya.ra.me.ru

焦糖

banana strawberry
バナナストロベリー
ba.na.na.su.to.ro.be.ri.i

香蕉草莓

orange cheese cake
オレンジチーズケーキ
o.re.n.ji.chi.i.zu.ke.e.ki

香橙起司蛋糕

冰淇淋必學美味動詞

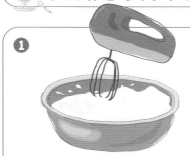

❶

材料を泡立て器で泡立てる。
ざいりょう あわ だ き あわ だ
za.i.ryo.o.o.a.wa.da.te.ki.de.a.wa.da.te.ru
將材料用攪拌器打至發泡。

❷

バニラエッセンスを加える。
vanilla essence くわ
ba.ni.ra.e.s.se.n.su.o.ku.wa.e.ru
加入香草精。

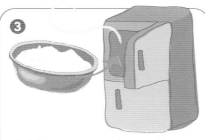

❸

冷凍庫に入れて冷やし固める。
れいとう こ い ひ かた
re.i.to.o.ko.ni.i.re.te.hi.ya.shi.ka.ta.me.ru
放入冷凍庫冷藏至凝固。

❹

よく冷やした器に盛っていただきます。
ひ うつわ も
yo.ku.hi.ya.shi.ta.u.tsu.wa.ni.mo.tte.i.ta.da.ki.ma.su
放在已冰過的容器內享用吧！

冰淇淋必學食感句

● **冷たい！** *tsu.me.ta.i*　　　　　　　　　　　　　　　　　　好冰啊！
　つめ

● **エレガントな香り。** *e.re.ga.n.to.na.ka.o.ri*　　　　　　　很高雅的香味。
　elegant かお

● **舌の上ですっと溶ける！** *shi.ta.no.u.e.de.su.tto.to.ke.ru*　在舌尖上瞬間融化！
　した うえ と

● **きめ細かな口当たり！** *ki.me.ko.ma.ka.na.ku.chi.a.ta.ri*　很細緻的口感！
　こま くち あ

● **優しいおいしさ！** *ya.sa.shi.i.o.i.shi.sa*　　　　　　　　香醇可口！
　やさ

TV美食秀實況對話

A （司会） しかい shi.ka.i	この<ruby>濃厚<rt>のうこう</rt></ruby>な<ruby>旨味<rt>うまみ</rt></ruby>と<ruby>香<rt>かお</rt></ruby>り。 ko.no no.o.ko.o.na u.ma.mi to ka.o.ri	（主持人） 眞是香濃又美味。
B （客） きゃく kya.ku	<ruby>口<rt>くち</rt></ruby>の<ruby>中<rt>なか</rt></ruby>で<ruby>本当<rt>ほんとう</rt></ruby>にとろけていきますね！ ku.chi no na.ka de ho.n.to.o.ni to.ro.ke.te i.ki.ma.su ne	（來賓） 完全在口中 融化開來呢！
C （客） きゃく kya.ku	たまんないですよ！ ta.ma.n.na.i.de.su yo	（來賓） 好吃得不得了！
A （司会） しかい shi.ka.i	<ruby>早<rt>はや</rt></ruby>く<ruby>食<rt>た</rt></ruby>べなきゃ、とけちゃうよ！ ha.ya.ku ta.be.na.kya to.ke.cha.u yo	（主持人） 快點吃，要融化了啦！

08

宇治金時 (u.ji.ki.n.to.ki) 抹茶紅豆冰

うじ きん とき

🍧 抹茶紅豆冰必學美味名詞

氷
こおり
ko.o.ri

刨冰

抹茶
まっちゃ
ma.t.cha

抹茶

小豆
あずき
a.zu.ki

紅豆

白玉団子
しらたまだんご
shi.ra.ta.ma.da.n.go

白玉丸子

甘味処
かんみどころ
ka.n.mi.do.ko.ro

冰果店

抹茶紅豆冰必學美味動詞

抹茶蜜を作る。
ma.t.cha.mi.tsu.o.tsu.ku.ru
調製抹茶蜜。

氷をけずる。
ko.o.ri.o.ke.zu.ru
刨冰。

❸ **抹茶蜜・あずき・白玉だんごをのせる。**
ma.t.cha.mi.tsu. a.zu.ki. shi.ra.ta.ma.da.n.go.o.no.se.ru
加上抹茶蜜・紅豆・白玉丸子。

❹ **出来上がり！**
de.ki.a.ga.ri
完成囉！

抹茶紅豆冰必學食感句

● **しゃりしゃり！** *sha.ri.sha.ri*　　　　　　　*剉剉剉！*

● **すーっと溶ける！** *su.u.t.to.to.ke.ru*　　　　入口即化！

● **大きな小豆の粒！** *o.o.ki.na.a.zu.ki.no.tsu.bu*　　好飽滿的紅豆粒！

● **あっさりした甘み！** *a.s.sa.ri.shi.ta.a.ma.mi*　　清爽甘甜！

● **夏の定番！** *na.tsu.no.te.i.ba.n*　　　　　　夏天必吃！

刨冰人氣MENU

● **宇治白玉氷** u.ji.shi.ra.ta.ma.go.o.ri　　　　　　抹茶白玉刨冰
（う じ しらたまごおり）

● **宇治金時ミルク氷** u.ji.ki.n.to.ki.mi.ru.ku.go.o.ri　　抹茶紅豆牛奶刨冰
（う じ きんとき milk ごおり）

● **黒みつ氷** ku.ro.mi.tsu.go.o.ri　　　　　　　　黒糖蜜刨冰
（くろ ごおり）

● **カルピス氷** ka.ru.pi.su.go.o.ri　　　　　　　　可爾必思刨冰
（Calpis ごおり）

TV美食秀實況對話

A		
(司会) しかい shi.ka.i	**しゃきしゃきふわふわの氷！** （こおり） sha.ki.sha.ki fu.wa.fu.wa no ko.o.ri	（主持人） 清脆無比、 細細綿綿的刨冰！
B **(客)** きゃく kya.ku	**日本人の郷愁をよびさましますねー。** （に ほんじん きょうしゅう） ni.ho.n.ji.n no kyo.o.shu.u o yo.bi.sa.ma.shi.ma.su ne.e	（來賓） 喚起日本人的 思鄉情懷呢！
C **(客)** きゃく kya.ku	**氷なくして、日本の夏は始まらない！** （こおり に ほん なつ はじ） ko.o.ri na.ku.shi.te ni.ho.n no na.tsu wa ha.ji.ma.ra.na.i	（來賓） 少了刨冰，就代表 日本的夏天還沒開始呢！
D **(客)** きゃく kya.ku	**新鮮な小豆の風味がなんとも言えませんね。** （しんせん あずき ふうみ い） shi.n.se.n.na a.zu.ki no fu.u.mi ga na.n.to.mo i.e.ma.se.n ne	（來賓） 新鮮的紅豆風味， 真令人難以言喻呢！

09

鯛焼き (ta.i.ya.ki) 鯛魚燒

🐟 鯛魚燒必學美味名詞

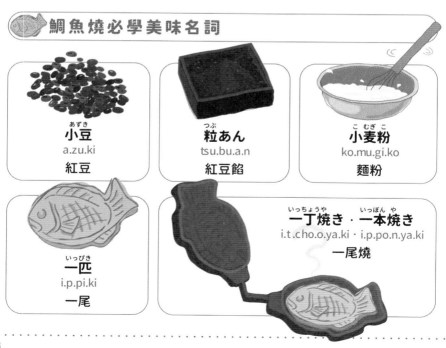

小豆
a.zu.ki
紅豆

粒あん
tsu.bu.a.n
紅豆餡

小麦粉
ko.mu.gi.ko
麵粉

一匹
i.p.pi.ki
一尾

一丁焼き・一本焼き
i.t.cho.o.ya.ki・i.p.po.n.ya.ki
一尾燒

鯛魚燒必學美味動詞

① 生地を流す。
ki.ji.o.na.ga.su

將麵糊填入。

② あんを上にのせる。
a.n.o.u.e.ni.no.se.ru

放上餡料。

③ 生地を流し入れ、焼く。
ki.ji.o.na.ga.shi.i.re,ya.ku

放入麵糊後燒烤。

④ 焼き上がり！
ya.ki.a.ga.ri

烤好囉！

鯛魚燒必學食感句

⬤ **パリパリ！** *pa.ri.pa.ri*	酥酥脆脆！
⬤ **アツアツ〜** *a.tsu.a.tsu*	熱騰騰〜
⬤ **ほかほか〜** *ho.ka.ho.ka*	熱呼呼〜
⬤ **あんこぎっしり！** *a.n.ko.gi.s.shi.ri*	餡料滿滿！
⬤ **甘さ控えめ！** *a.ma.sa.hi.ka.e.me*	甜度適中！

09. 鯛焼き (ta.i.ya.ki) 鯛魚燒

 鯛魚燒人氣MENU

● 粒餡鯛焼き tsu.bu.a.n.ta.i.ya.ki　　　　　紅豆鯛魚燒

● クリーム鯛焼き ku.ri.i.mu.ta.i.ya.ki　　　奶油鯛魚燒

● さつまいも鯛焼き sa.tsu.ma.i.mo.ta.i.ya.ki　蕃薯鯛魚燒

● 抹茶白玉鯛焼き ma.t.cha.shi.ra.ta.ma.ta.i.ya.ki　抹茶白玉丸子鯛魚燒

● 桜餡鯛焼き sa.ku.ra.a.n.ta.i.ya.ki　　　　　櫻花餡鯛魚燒

 TV美食秀實況對話

A きゃく （客） kya.ku	鯛焼きはしっぽから食べても、あんこがぎっしり！ ta.i.ya.ki.wa shi.p.po.ka.ra.ta.be.te.mo a.n.ko.ga.gi.s.shi.ri	（客人） 這鯛魚燒就算從尾部開始吃，餡料還是滿滿地！
B きゃく （客） kya.ku	皮とあんとの味のバランスも絶妙。 ka.wa.to.a.n.to.no.a.ji.no.ba.ra.n.su.mo ze.tsu.myo.o	（客人） 外皮和餡料也完美巧妙地融合。
A きゃく （客） kya.ku	ドラえもんの大好きなどら焼きも、 do.ra.e.mo.n.no.da.i.su.ki.na.do.ra.ya.ki.mo とってもおいしい。 to.t.te.mo.o.i.shi.i	（客人） 哆啦A夢最愛的銅鑼燒也超好吃的。
C しかい （司会） shi.ka.i	どちらも、つやつやな粒あんが魅力的！ do.chi.ra.mo.tsu.ya.tsu.ya.na.tsu.bu.a.n.ga. mi.ryo.ku.te.ki	（主持人） 不管哪一種，滑順潤澤的紅豆餡都具有無窮魅力！

🔊 052

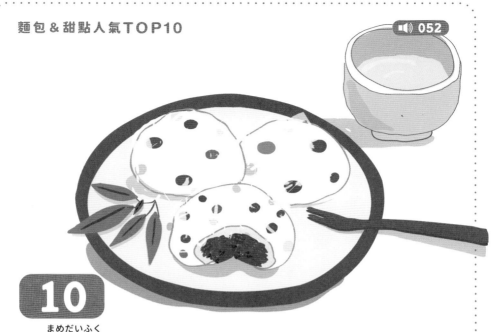

10

豆大福（ma.me.da.i.fu.ku）紅豆麻糬
まめだいふく

紅豆麻糬必學美味名詞

もち米
ごめ
mo.chi.go.me
糯米

赤えんどう
あか
a.ka.e.n.do.o
紅豌豆

竹ベラ
たけ
ta.ke.be.ra
竹片

塩
しお
shi.o
鹽

片栗粉
かたくりこ
ka.ta.ku.ri.ko
太白粉

臼と杵
うす　きね
u.su.to.ki.ne
臼＆杵

10. 豆大福（ma.me.da.i.fu.ku）紅豆麻糬

🍡 紅豆麻糬必學美味動詞

❶

餅を手にのせて丸く広げる。
<small>もち　て　　　　　　　まる　ひろ</small>
mo.chi.o.te.ni.no.se.te.ma.ru.ku.hi.ro.ge.ru

將麻糬放在手上整成圓形。

❷

竹べらであんをのせる。
<small>たけ</small>
ta.ke.be.ra.de.a.n.o.no.se.ru

用竹片把餡放上。

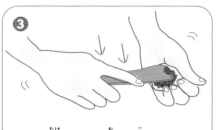

❸

竹ベラで押し込む。
<small>たけ　　　お　こ</small>
ta.ke.be.ra.de.o.shi.ko.mu

用竹片按壓。

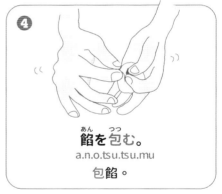

❹

餡を包む。
<small>あん　つつ</small>
a.n.o.tsu.tsu.mu

包餡。

🍡 紅豆麻糬必學食感句

● **もちもち！** *mo.chi.mo.chi*		*QQ軟軟！*
● **餅がギューッとのびる！** <small>もち</small> *mo.chi.ga.gyu.u.t.to.no.bi.ru*		*麻糬QQ好有彈性！*
● **粒餡がたっぷり！** <small>つぶあん</small> *tsu.bu.a.n.ga.ta.p.pu.ri*		*滿滿紅豆餡！*
● **ほんのり塩味〜** <small>しおあじ</small> *ho.n.no.ri.shi.o.a.ji*		*淡淡鹹味〜*
● **和菓子の定番！** <small>わ　がし　　ていばん</small> *wa.ga.shi.no.te.i.ba.n*		*和菓子代表！*

和菓子人氣MENU

● 羊羹 （ようかん） yo.o.ka.n　　　　　　　　　　羊羹

● 桜餅 （さくらもち） sa.ku.ra.mo.chi　　　　　　　　櫻餅

● 最中 （もなか） mo.na.ka　　　　　　　　　　最中餅

● わらび餅 （もち） wa.ra.bi.mo.chi　　　　　　　蕨菜糕

TV美食秀實況對話

A しかい （司会） shi.ka.i	わあ！小豆（あずき）がごろごろ入（はい）ってるよ！ wa.a a.zu.ki.ga go.ro.go.ro ha.i.t.te.ru.yo	（主持人） 哇！紅豆 一顆顆圓滾滾的呢！
B きゃく （客） kya.ku	弾力（だんりょく）のある皮（かわ）に小豆（あずき）がたっぷり包（つつ）まれてる！ da.n.ryo.ku no a.ru.ka.wa ni a.zu.ki ga ta.p.pu.ri tsu.tsu.ma.re.te.ru	（來賓） ＱＱ帶勁的麵皮中包了 滿滿的紅豆餡耶！
C りょうりにん （料理人） ryo.o.ri.ni.n	噛（か）み応（ごた）えがある皮（かわ）と、餡（あん）の甘（あま）さと ka.mi.go.ta.e.ga.a.ru.ka.wa.to a.n.no.a.ma.sa.to 豆（まめ）の塩味（しおあじ）が勝負（しょうぶ）の鍵（かぎ）を握（にぎ）っています。 ma.me.no.shi.o.a.ji.ga.sho.o.bu.no.ka.gi.o.ni.gi.t.te.i.ma.su	（廚師） 外皮的咬勁、餡的甜味和豆的 鹽煮，都是一決勝負的關鍵所在。
A しかい （司会） shi.ka.i	単純（たんじゅん）のようで奥（おく）が深（ふか）い和菓子（わがし）ですね！ ta.n.ju.n.no.yo.o.de.o.ku.ga.fu.ka.i wa.ga.shi.de.su.ne	（主持人） 是個看起來簡單，卻有 深奧學問的和菓子。

日本美食遊園地
Japanese Gourmet Map

隱身於日本全國各地的美食和特選食材繽紛多彩，
在日本就有如置身美食遊樂園一樣令人讚嘆與興奮不已！
日本四季分明，不同地域環境及氣候差異造就了豐饒的獨特食材，
不論是捕獲、栽培或養殖等…，
專業職人對於品質的堅持與守護，著實令人動容。
本篇列出日本TV美食節目常介紹之各地美食特產和
名店常出現之日本地名及島嶼名，並以地圖標示。
建議配合MP3之地名朗讀，挑戰一下是否聽懂正在唸哪個地名吧！
掌握住主要關鍵字，就能大幅提升日語聽解力啲！
是否想見見這些各地名產美食的盧山眞面目呢？
到日本Yahoo搜尋引擎上，輸入以下你想知道的美食關鍵字，
就能一窺究竟囉！

▲表示都、道、府、廳所在地　●表示縣廳所在地

01 北海道 (ho.k.ka.i.do.o)　　**09** 四国 (shi.ko.ku)

02 東北 (to.o.ho.ku)　　　　**10** 九州 (kyu.u.shu.u)

03 甲信越 (ko.o.shi.n.e.tsu)　**11** 沖縄 (o.ki.na.wa)

04 関東 (ka.n.to.o)

05 東海 (to.o.ka.i)

06 北陸 (ho.ku.ri.ku)

07 近畿 (ki.n.ki)

08 中国 (chu.u.go.ku)

🔊 053

01北海道(ho.k.ka.i.do.o)

ほっかいどう

旭川（あさひかわ）
a.sa.hi.ka.wa

富良野（ふらの）
fu.ra.no

根室（ねむろ）・
ne.mu.ro

・小樽（おたる）
o.ta.ru

・夕張（ゆうばり）
yu.u.ba.ri

▲
札幌（さっぽろ）
sa.p.po.ro

・函館（はこだて）
ha.ko.da.te

牛乳
ぎゅうにゅう
gyu.u.nyu.u
牛奶

毛がに
け
ke.ga.ni
毛蟹

白い恋人
しろ こいびと
shi.ro.i.ko.i.bi.to
白色戀人巧克力薄餅

potato
ポテト
po.te.to
馬鈴薯

札幌 **ラーメン**
ra.a.me.n
拉麵

夕張 **メロン**
me.ro.n
哈密瓜

175

🔊 054
02 東北(to.o.ho.ku)
とうほく

● 青森（あおもり）
a.o.mo.ri
青森県 a.o.mo.ri ke.n
あおもりけん

•岩手（いわて）
i.wa.te
岩手県
i.wa.te ke.n
いわてけん

秋田（あきた）●
a.ki.ta
秋田県
a.ki.ta ke.n
あきたけん

● 盛岡（もりおか）
mo.ri.o.ka

山形県
ya.ma.ga.ta ke.n
やまがたけん

宮城県
mi.ya.gi ke.n
みやぎけん

山形（やまがた）●
ya.ma.ga.ta

● 仙台（せんだい）
se.n.da.i

米沢（よねざわ）•
yo.ne.za.wa

•相馬（そうま）
so.o.ma

喜多方（きたかた）•
ki.ta.ka.ta

● 福島（ふくしま）
fu.ku.shi.ma
福島県
fu.ku.shi.ma ke.n
ふくしまけん

岩手わかめ
いわて
i.wa.te.wa.ka.me

岩手裙帶菜

小岩井牛乳
こ いわ い ぎゅうにゅう
ko.i.wa.i.gyu.u.nyu.u

小岩井牛乳

喜多方ラーメン
き た かた
ki.ta.ka.ta.ra.a.me.n

喜多方拉麵

米沢牛
よねざわぎゅう
yo.ne.za.wa.gyu.u

米澤牛

秋田

切りたんぽ鍋
き なべ
ki.ri.ta.n.po.na.be

烤米捲鍋

仙台

牛たん料理
ぎゅう りょうり
gyu.u.ta.n.ryo.o.ri

牛舌料理

03 甲信越 (ko.o.shi.n.e.tsu)
こうしんえつ

山形県
やまがたけん
ya.ma.ga.ta ke.n

宮城県
みやぎけん
mi.ya.gi ke.n

● 新潟 (にいがた)
ni.i.ga.ta

新潟県
にいがたけん
ni.i.ga.ta ke.n

福島県
ふくしまけん
fu.ku.shi.ma ke.n

富山県
とやまけん
to.ya.ma ke.n

● 長野 (ながの)
na.ga.no

栃木県
とちぎけん
to.chi.gi ke.n

群馬県
ぐんまけん
gu.n.ma ke.n

長野県
ながのけん
na.ga.no ke.n

岐阜県
ぎふけん
gi.fu ke.n

● 松本 (まつもと)
ma.tsu.mo.to

茨城県
いばらきけん
i.ba.ra.gi ke.n

埼玉県
さいたまけん
sa.i.ta.ma ke.n

山梨県
やまなしけん
ya.ma.na.shi ke.n

東京都
とうきょうと
to.o.kyo.o to

長野

蕎麦
そば
so.ba

蕎麥

甲府 (こうふ)
ko.o.fu

神奈川県
かながわけん
ka.na.ga.wa ke.n

千葉県
ちばけん
chi.ba ke.n

松本

静岡県
しずおかけん
shi.zu.o.ka ke.n

わさび
wa.sa.bi

山葵

新潟

こしひかり
ko.shi.hi.ka.ri

越光米

甲府

葡萄
ぶどう
bu.do.o

葡萄

山梨

ほうとう
ho.o.to.o

手工烏龍麺

04 関東1（ka.n.to.o）

かんとう

ふくしまけん
福島県
fu.ku.shi.ma ke.n

にいがたけん
新潟県
ni.i.ga.ta ke.n

とちぎけん
栃木県
to.chi.gi ke.n

ぐんまけん
群馬県
gu.n.ma ke.n

日光（にっこう）
ni.k.ko.o

● 宇都宮（うつのみや）
u.tsu.no.mi.ya

⊜
前橋（まえばし）
ma.e.ba.shi

水戸（みと）●
mi.to

ながのけん
長野県
na.ga.no ke.n

いばらきけん
茨城県
i.ba.ra.ki ke.n

熊谷（くまがや）●
ku.ma.ga.ya

● 春日部（かすかべ）
ka.su.ka.be

さいたまけん
埼玉県
sa.i.ta.ma ke.n

⊜ 浦和（うらわ）
u.ra.wa

やまなしけん
山梨県
ya.ma.na.shi ke.n

とうきょうと
東京都
to.o.kyo.o to

かながわけん
神奈川県
ka.na.ga.wa ke.n

ちばけん
千葉県
chi.ba ke.n

しずおかけん
静岡県
shi.zu.o.ka ke.n

なっとう
納豆 　水戸
na.t.to.o

納豆

せんべい
煎餅 　埼玉
se.n.be.i

仙貝

や
焼きまんじゅう 　群馬
ya.ki.ma.n.ju.u

烤饅頭

あんこうなべ
鮟鱇鍋 　茨城
a.n.ko.o.na.be

鮟鱇鍋

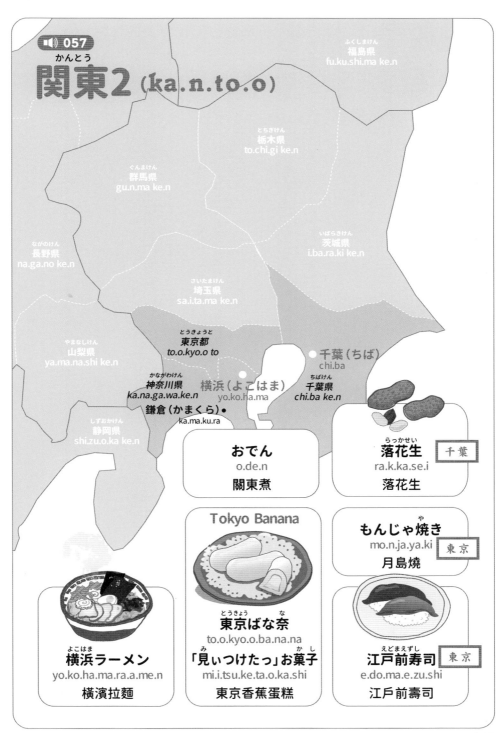

かんとう
関東2 (ka.n.to.o)

ふくしまけん
福島県
fu.ku.shi.ma ke.n

とちぎけん
栃木県
to.chi.gi ke.n

ぐんまけん
群馬県
gu.n.ma ke.n

いばらきけん
茨城県
i.ba.ra.ki ke.n

ながのけん
長野県
na.ga.no ke.n

さいたまけん
埼玉県
sa.i.ta.ma ke.n

やまなしけん
山梨県
ya.ma.na.shi ke.n

とうきょうと
東京都
to.o.kyo.o to

千葉（ちば）
chi.ba

かながわけん
神奈川県
ka.na.ga.wa.ke.n

横浜（よこはま）
yo.ko.ha.ma

ちばけん
千葉県
chi.ba ke.n

鎌倉（かまくら）•
ka.ma.ku.ra

しずおかけん
静岡県
shi.zu.o.ka ke.n

おでん
o.de.n

關東煮

らっかせい
落花生
ra.k.ka.se.i

落花生

千葉

Tokyo Banana

とうきょう　な
東京ばな奈
to.o.kyo.o.ba.na.na

み
「見いつけたっ」お菓子
mi.i.tsu.ke.ta.o.ka.shi

東京香蕉蛋糕

や
もんじゃ焼き
mo.n.ja.ya.ki

東京

月島燒

よこはま
横浜ラーメン
yo.ko.ha.ma.ra.a.me.n

横濱拉麵

えどまえずし
江戸前寿司
e.do.ma.e.zu.shi

東京

江戸前壽司

🔊 058

東京都全地圖
とうきょうと　ぜんちず
(to.o.kyo.o.to.ze.n.chi.zu)

● 区（く）
ku

● 市（し）
shi

● 西多摩郡（にしたま-ぐん）
ni.shi.ta.ma.gu.n

㊻ 福生市（ふっさ-し）
fu.s.sa-shi

㊼ 昭島市（あきしま-し）
a.ki.shi.ma-shi

㊽ 八王子市（はちおうじ-し）
ha.chi.o.o.ji-shi

㊾ 青梅市（おうめ-し）
o.u.me-shi

㊿ 日の出町（ひので-まち）
hi.no.de-ma.chi

(51) あきる野市（あきるの-し）
a.ki.ru.no-shi

(52) 檜原村（ひのはら-むら）
hi.no.ha.ra-mu.ra

(53) 奥多摩町（おくたま-ちょう）
o.ku.ta.ma-cho.o

㊵ 日野市（ひの-し）
hi.no-shi

㊶ 多摩市（たま-し）
ta.ma-shi

㊷ 町田市（まちだ-し）
ma.chi.da-shi

㊸ 武蔵村山市（むさしむらやま-し）
mu.sa.shi.mu.ra.ya.ma-shi

㊹ 瑞穂町（みずほ-まち）
mi.zu.ho-ma.chi

㊺ 羽村市（はむら-し）
ha.mu.ra-shi

㉟ 東村山市（ひがしむらやま-し）
hi.ga.shi.mu.ra.ya.ma-shi

㊱ 国分寺市（こくぶんじ-し）
ko.ku.bu.n.ji-shi

㊲ 東大和（ひがしやまと-し）
hi.ga.shi.ya.ma.to-shi

㊳ 立川市（たちかわ-し）
ta.chi.ka.wa-shi

㊴ 国立市（くにたち-し）
ku.ni.ta.chi-shi

180

㉔ 西東京市（にしとうきょう-し）
ni.shi.to.o.kyo.o-shi

㉕ 武蔵野市（むさしの-し）
mu.sa.shi.no-shi

㉖ 三鷹市（みたか-し）
mi.ta.ka-shi

㉗ 調布市（ちょうふ-し）
cho.o.fu-shi

㉘ 狛江市（こまえ-し）
ko.ma.e-shi

㉙ 清瀬市（きよせ-し）
ki.yo.se-shi

㉚ 東久留米市（ひがしくるめ-し）
hi.ga.shi.ku.ru.me-shi

⑬ 品川区（しながわ-く）
shi.na.ga.wa-ku

⑭ 大田区（おおた-く）
o.o.ta-ku

⑮ 板橋区（いたばし-く）
i.ta.ba.shi-ku

⑯ 豊島区（としま-く）
to.shi.ma-ku

⑰ 新宿区（しんじゅく-く）
shi.n.ju.ku-ku

⑱ 渋谷区（しぶや-く）
shi.bu.ya-ku

❶ 足立区（あだち-く）
a.da.chi-ku

❷ 葛飾区（かつしか-く）
ka.tsu.shi.ka-ku

❸ 江戸川区（えどがわ-く）
e.do.ga.wa-ku

❹ 荒川区（あらかわ-く）
a.ra.ka.wa-ku

❺ 墨田区（すみだ-く）
su.mi.da-ku

❻ 江東区（こうとう-く）
ko.o.to.o-ku

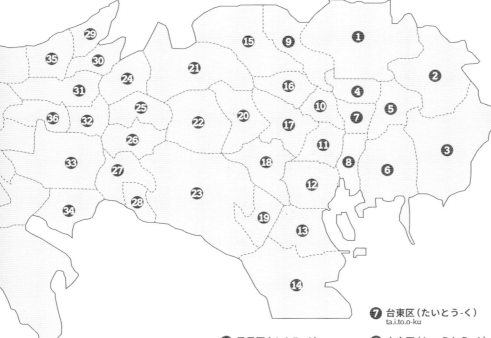

❼ 台東区（たいとう-く）
ta.i.to.o-ku

⑲ 目黒区（めぐろ-く）
me.gu.ro-ku

❽ 中央区（ちゅうおう-く）
chu.u.o.o-ku

㉛ 小平市（こだいら-し）
ko.da.i.ra-shi

⑳ 中野区（なかの-く）
na.ka.no-ku

❾ 北区（きた-く）
ki.ta-ku

㉜ 小金井市（こがねい-し）
ko.ga.ne.i-shi

㉑ 練馬区（ねりま-く）
ne.ri.ma-ku

❿ 文京区（ぶんきょう-く）
bu.n.kyo.o-ku

㉝ 府中市（ふちゅう-し）
fu.chu.u-shi

㉒ 杉並区（すぎなみ-く）
su.gi.na.mi-ku

⓫ 千代田区（ちよだ-く）
chi.yo.da-ku

㉞ 稲城市（いなぎ-し）
i.na.gi-shi

㉓ 世田谷区（せたがや-く）
se.ta.ga.ya-ku

⓬ 港区（みなと-く）
mi.na.to-ku

059

05 東海 (to.o.ka.i)
とうかい

静岡

お茶
ちゃ
o.cha

茶

伊勢海老
いせ えび
i.se.e.bi

伊勢龍蝦

長野県
ながのけん
na.ga.no ke.n

岐阜県
ぎふけん
gi.fu ke.n

●岐阜（ぎふ）
gi.fu

滋賀県
しがけん
shi.ga ke.n

●名古屋（なごや）
na.go.ya

愛知県
あいちけん
a.i.chi ke.n

静岡県
しずおかけん
shi.zu.o.ka ke.n

●清水（しみず）shi.mi.zu

京都府
きょうとふ
kyo.o.to fu

津（つ）●

●静岡（しずおか）
shi.zu.o.ka

奈良県
ならけん
na.ra ke.n

●松坂（まつざか）
ma.tsu.za.ka

浜松（はままつ）
ha.ma.ma.tsu

三重県
みえけん
mi.e ke.n

●伊勢（いせ）
i.se

名古屋

ひつまぶし
hi.tsu.ma.bu.shi

鰻魚茶泡飯

きしめん 名古屋
ki.shi.me.n

吉喜寬麵

岐阜 **朴葉みそ**
おお ば
o.o.ba.mi.so

朴葉味噌

愛知 **八丁味噌**
はっちょう みそ
ha.t.cho.o.mi.so

八丁味噌

松坂牛
まつさかぎゅう
ma.tsu.sa.ka.gyu.u

松坂牛

名古屋 **みそかつ**
mi.so.ka.tsu

味噌豬排

名古屋 **天むす**
てん
te.n.mu.su

炸蝦飯糰

ういろう
名古屋 u.i.ro.o

米粉糕

182

🔊 060

06 北陸(ho.ku.ri.ku)

ほくりく

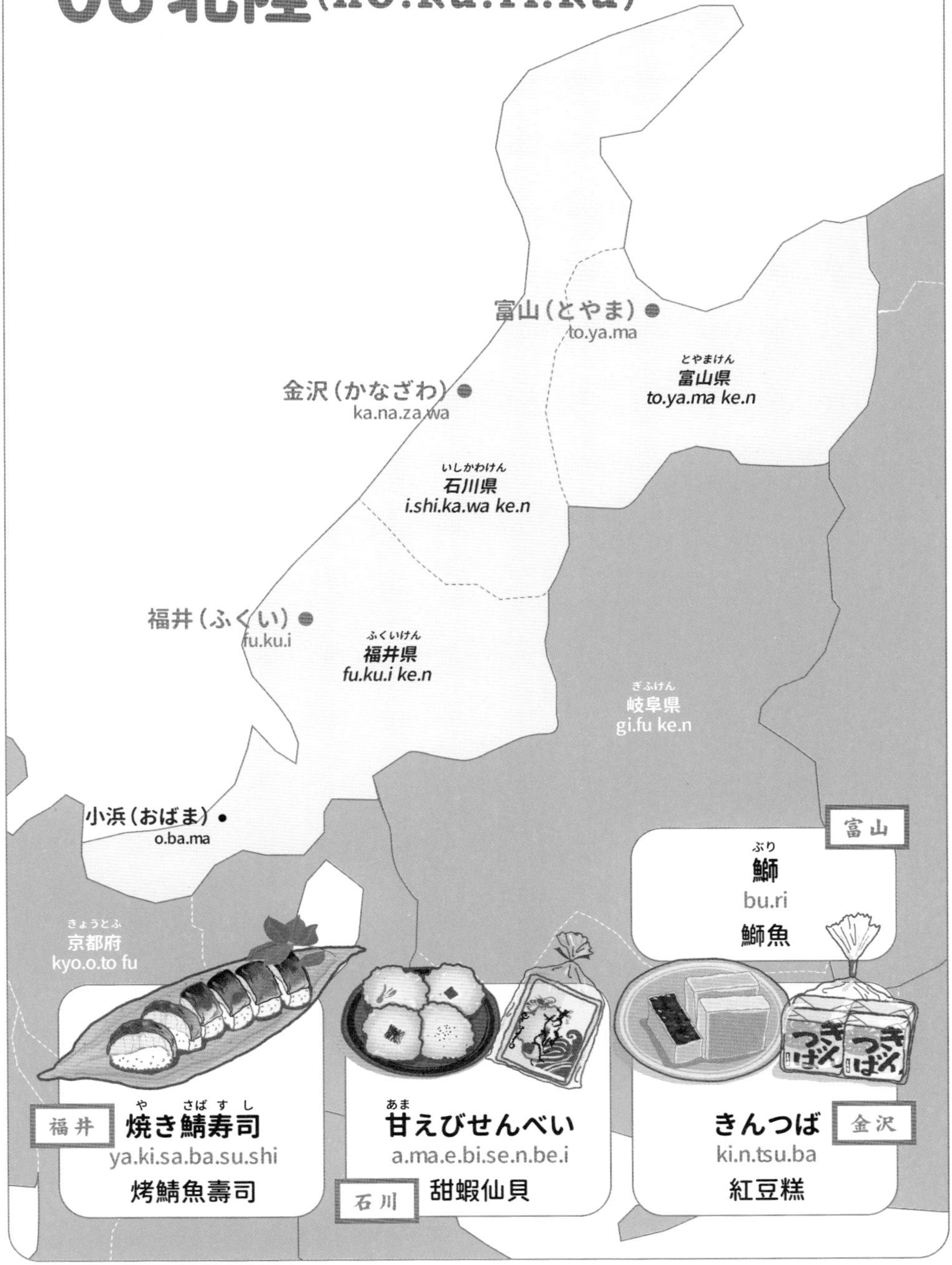
富山(とやま)
to.ya.ma
とやまけん
富山県
to.ya.ma ke.n
金沢(かなざわ)
ka.na.za.wa
いしかわけん
石川県
i.shi.ka.wa ke.n
福井(ふくい)
fu.ku.i
ふくいけん
福井県
fu.ku.i ke.n
ぎふけん
岐阜県
gi.fu ke.n
小浜(おばま)
o.ba.ma
きょうとふ
京都府
kyo.o.to fu
富山
ぶり
鰤
bu.ri
鰤魚
福井
や さば す し
焼き鯖寿司
ya.ki.sa.ba.su.shi
烤鯖魚壽司
石川
あま
甘えびせんべい
a.ma.e.bi.se.n.be.i
甜蝦仙貝
金沢
きんつば
ki.n.tsu.ba
紅豆糕

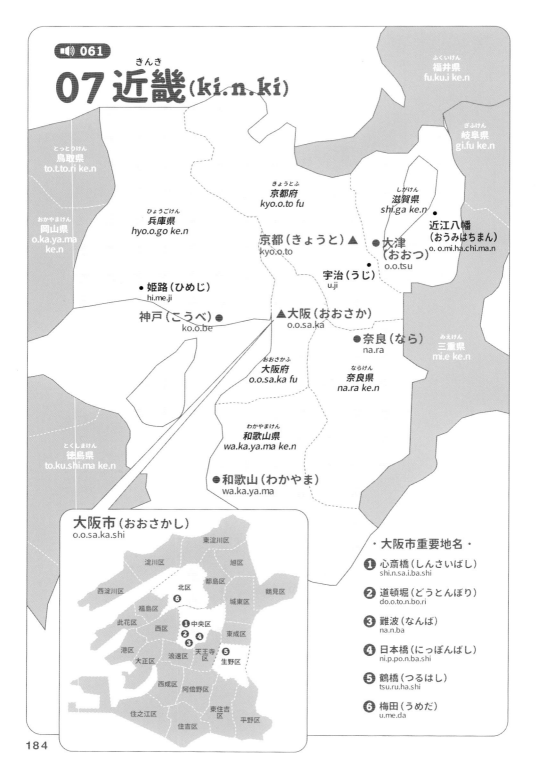

061

07 近畿(ki.n.ki)

きんき

とっとりけん
鳥取県
to.t.to.ri ke.n

ふくいけん
福井県
fu.ku.i ke.n

ぎふけん
岐阜県
gi.fu ke.n

きょうとふ
京都府
kyo.o.to fu

しがけん
滋賀県
shi.ga ke.n

ひょうごけん
兵庫県
hyo.o.go ke.n

おかやまけん
岡山県
o.ka.ya.ma
ke.n

京都（きょうと）▲
kyo.o.to

●大津
（おおつ）
o.o.tsu

近江八幡
（おうみはちまん）
o. o.mi.ha.chi.ma.n

● 姫路（ひめじ）
hi.me.ji

宇治（うじ）
u.ji

神戸（こうべ）●
ko.o.be

▲大阪（おおさか）
o.o.sa.ka

●奈良（なら）
na.ra

みえけん
三重県
mi.e ke.n

おおさかふ
大阪府
o.o.sa.ka fu

ならけん
奈良県
na.ra ke.n

わかやまけん
和歌山県
wa.ka.ya.ma ke.n

とくしまけん
徳島県
to.ku.shi.ma ke.n

●和歌山（わかやま）
wa.ka.ya.ma

大阪市（おおさかし）
o.o.sa.ka.shi

東淀川区
淀川区
旭区
都島区
西淀川区
北区 ❻
鶴見区
福島区
城東区
此花区
❶中央区
西区
東成区
❷
❹
港区
浪速区
天王寺区
❺
生野区
大正区
西成区
阿倍野区
東住吉区
住之江区
住吉区
平野区

・大阪市重要地名・

❶ 心斎橋（しんさいばし）
shi.n.sa.i.ba.shi

❷ 道頓堀（どうとんぼり）
do.o.to.n.bo.ri

❸ 難波（なんば）
na.n.ba

❹ 日本橋（にっぽんばし）
ni.p.po.n.ba.shi

❺ 鶴橋（つるはし）
tsu.ru.ha.shi

❻ 梅田（うめだ）
u.me.da

184

大阪	**お好み焼き**

o.ko.no.mi.ya.ki

大阪燒

大阪	**たこ焼き**

ta.ko.ya.ki

章魚燒

大阪	**押し寿司**

o.shi.zu.shi

箱壽司

大阪	**すき焼き**

su.ki.ya.ki

壽喜燒

兵庫	**オムソバ**

o.mu.so.ba

蛋包炒麵

鶴橋	**焼き肉**

ya.ki.ni.ku

燒肉

滋賀	**鮒寿司**

fu.na.zu.shi

鮒壽司

神戸牛

ko.o.be.gyu.u

神戶牛

京都	**和菓子**

wa.ga.shi

和菓子

京都	**宇治金時**

u.ji.ki.n.to.ki

抹茶紅豆冰

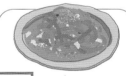

兵庫	**そばめし**

so.ba.me.shi

炒麵飯

奈良漬

na.ra.zu.ke

奈良漬

奈良	**吉野葛**

yo.shi.no.ku.zu

吉野葛

奈良	**柿の葉寿司**

ka.ki.no.ha.zu.shi

柿葉壽司

和歌山	**紀州梅干し**

ki.shu.u.u.me.bo.shi

紀州梅乾

和歌山	**熊野牛**

ku.ma.no.gyu.u

熊野牛

※吉野葛是將葛粉加水揉製加工成「葛切」(似細麵),再淋上黑蜜食用。

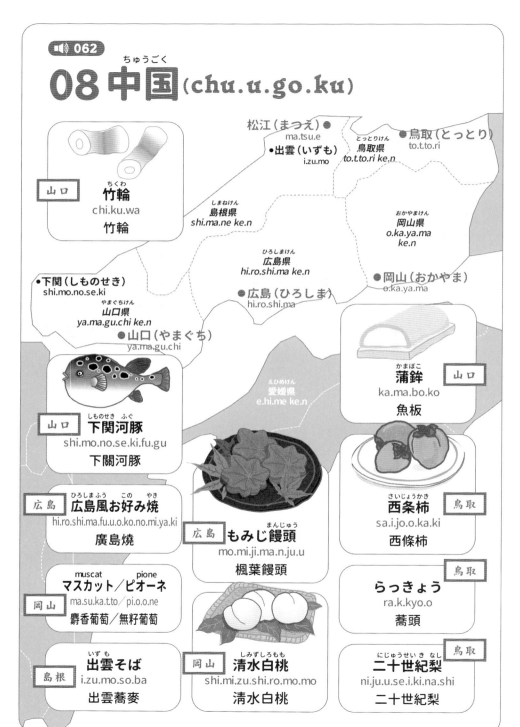

🔊 062

08 中国 (chu.u.go.ku)
ちゅうごく

松江（まつえ）●
ma.tsu.e

●鳥取（とっとり）
to.t.to.ri

●出雲（いずも）
i.zu.mo

とっとりけん
鳥取県
to.t.to.ri ke.n

山口
ちくわ
竹輪
chi.ku.wa

竹輪

しまねけん
島根県
shi.ma.ne ke.n

おかやまけん
岡山県
o.ka.ya.ma
ke.n

ひろしまけん
広島県
hi.ro.shi.ma ke.n

●下関（しものせき）
shi.mo.no.se.ki

●岡山（おかやま）
o.ka.ya.ma

やまぐちけん
山口県
ya.ma.gu.chi ke.n

●広島（ひろしま）
hi.ro.shi.ma

●山口（やまぐち）
ya.ma.gu.chi

かまぼこ
蒲鉾 山口
ka.ma.bo.ko

魚板

えひめけん
愛媛県
e.hi.me ke.n

山口
しものせき ふぐ
下関河豚
shi.mo.no.se.ki.fu.gu

下關河豚

広島
ひろしまふう この やき
広島風お好み焼
hi.ro.shi.ma.fu.u.o.ko.no.mi.ya.ki

廣島燒

広島
まんじゅう
もみじ饅頭
mo.mi.ji.ma.n.ju.u

楓葉饅頭

さいじょうかき
西条柿 鳥取
sa.i.jo.o.ka.ki

西條柿

muscat pione
マスカット／ピオーネ
岡山
ma.su.ka.t.to／pi.o.o.ne

麝香葡萄／無籽葡萄

鳥取
らっきょう
ra.k.kyo.o

蕎頭

島根
いずも
出雲そば
i.zu.mo.so.ba

出雲蕎麥

岡山
しみずしろもも
清水白桃
shi.mi.zu.shi.ro.mo.mo

清水白桃

鳥取
にじゅうせいき なし
二十世紀梨
ni.ju.u.se.i.ki.na.shi

二十世紀梨

09 四国 (shi.ko.ku)

しこく

岡山県
おかやまけん
o.ka.ya.ma ke.n

兵庫県
ひょうごけん
hyo.o.go ke.n

広島県
ひろしまけん
hi.ro.shi.ma ke.n

● 高松 (たかまつ)
ta.ka.ma.tsu

香川県
かがわけん
ka.ga.wa ke.n

鳴門 (なると) ●
na.ru.to

観音寺 (かんおんじ)
ka.n.o.n.ji

徳島 (とくしま) ●
to.ku.shi.ma

愛媛県
えひめけん
e.hi.me ke.n

徳島県
とくしまけん
to.ku.shi.ma ke.n

● 松山 (まつやま)
ma.tsu.ya.ma

土佐 (とさ)
to.sa

● 高知 (こうち)
ko.o.chi

高知県
こうちけん
ko.o.chi ke.n

| 愛媛 | 蜜柑 みかん mi.ka.n 柑橘 | 高知 | 土佐文旦 とさぼんたん to.sa.bo.n.ta.n 土佐文旦 | すだち su.da.chi 酸橘 | 徳島 |

| 徳島 | 鳴門金時 なると きんとき na.ru.to.ki.n.to.ki 鳴門金時蕃薯 | 香川 | 讃岐うどん さぬき sa.nu.ki.u.do.n 讃岐烏龍麵 | わかめ wa.ka.me 裙帶菜 | 徳島 |

10 九州 (kyu.u.shu.u)

山口県
ya.ma.gu.chi ke.n

古賀 (こが)
ko.ga

福岡 (ふくおか)
fu.ku.o.ka

福岡県
fu.ku.o.ka.ke.n

博多 (はかた)
ha.ka.ta

春日 (かすが)
ka.su.ga

伊万里 (いまり)
i.ma.ri

佐賀県
sa.ga.ke.n

佐賀 (さが)
sa.ga

鹿島 (かしま)
ka.shi.ma

別府 (べっぷ)
be.p.pu

大分 (おおいた)
o.o.i.ta

大分県
o.o.i.ta.ke.n

佐世保 (させぼ)
sa.se.bo

長崎県
na.ga.sa.ki ke.n

長崎 (ながさき)
na.ga.sa.ki

熊本 (くまもと)
ku.ma.mo.to

熊本県
ku.ma.mo.to.ke.n

宮崎県
mi.ya.za.ki.ke.n

日向 (ひゅうが)
hyu.u.ga

鹿児島県
ka.go.shi.ma.ke.n

宮崎 (みやざき)
mi.ya.za.ki

国分 (こくぶ)
ko.ku.bu

鹿児島 (かごしま)
ka.go.shi.ma

長崎ちゃんぽん （ながさき） na.ga.sa.ki.cha.n.po.n 長崎強棒拉麵	大分 **かぼす** ka.bo.su 酸橘	**焼酎** （しょうちゅう） sho.o.chu.u 燒酒 鹿児島

福岡 **博多ラーメン**（はかた）
ha.ka.ta.ra.a.me.n
博多拉麵

福岡 **辛子明太子**（からしめんたいこ）
ka.ra.shi.me.n.ta.i.ko
辣鱈魚子

長崎カステラ（ながさき castilla）
na.ga.sa.ki ka.su.te.ra
長崎蛋糕

宮崎牛（みやざきぎゅう）
mi.ya.za.ki.gyu.u
宮崎牛

佐賀牛（さがぎゅう）
sa.ga.gyu.u
佐賀牛

鹿児島黒豚（かごしまくろぶた）
ka.go.shi.ma.ku.ro.bu.ta
鹿児島黒豬

長崎 **佐世保バーガー**（させぼ）
sa.se.bo ba.a.ga.a
佐世堡漢堡

熊本 **馬刺**（ばさし）
ba.sa.shi
生馬肉

辛子れんこん（からし）熊本
ka.ra.shi.re.n.ko.n
芥茉蓮藕

宮崎 **冷や汁**（ひやじる）
hi.ya.ji.ru
冷汁

大分 **椎茸**（しいたけ）
shi.i.ta.ke
椎茸(香菇)

薩摩揚げ（さつまあげ）鹿児島
sa.tsu.ma.a.ge
薩摩炸魚肉餅（甜不辣）

※冷汁是先將白魚肉泥加烤味噌融入湯中，加豆腐、青瓜、蔥花、紫蘇葉攪拌淋在飯上食用。

11 沖縄(o.ki.na.wa)

おきなわ

久米島周辺

伊平屋島周辺

● 名護（なご）
na.go

● 沖縄（おきなわ）
o.ki.na.wa

● 那覇（なは）
na.ha

石垣島・西表島周辺

宮古島（みやこじま）
mi.ya.ko ji.ma

石垣島（いしがきじま）
i.shi.ga.ki ji.ma

こくとう **黒糖** ko.ku.to.o 黑糖	あわもり **泡盛** a.wa.mo.ri 泡盛酒	しょうちゅう **焼酎** sho.o.chu.u 燒酒

チンスコウ
chi.n.su.ko.o
金楚糕

サーターアンダーギー
sa.a.ta.a.a.n.da.a.gi.i
沖縄開口笑

ゴーヤー
go.o.ya.a
苦瓜

TV美食秀常出現之日本島嶼名

🔊 066

① 北海道（ほっかいどう）
ho.k.ka.i.do.o

② 本州（ほんしゅう）
ho.n.shu.u

③ 能登島（のとじま）
no.to.ji.ma

④ 淡路島（あわじしま）
a.wa.ji.shi.ma

⑤ 小豆島（しょうどしま）
sho.o.do.shi.ma

⑥ 四国（しこく）
shi.ko.ku

⑦ 九州（きゅうしゅう）
kyu.u.shu.u

⑧ 種子島（たねがしま）
ta.ne.ga shi.ma

⑨ 屋久島（やくしま）
ya.ku.shi.ma

⑩ 奄美大島（あまみおおしま）
a.ma.mi.o.o.shi.ma

⑪ 与論島（よろんとう）
yo.ro.n to.o

⑫ 沖縄本島（おきなわほんとう）
o.ki.na.wa.ho.n.to.o

⑬ 宮古島（みやこじま）
mi.ya.ko.ji.ma

⑭ 石垣島（いしがきじま）
i.shi.ga.ki ji.ma

⑮ 与那国島（よなぐにじま）
yo.na.gu.ni ji.ma

⑯ 大島（おおしま）
o.o shi.ma

⑰ 新島（にいじま）
ni.i ji.ma

⑱ 三宅島（みやけじま）
mi.ya.ke ji.ma

⑲ 八丈島（はちじょうじま）
ha.chi.jo.o.ji.ma

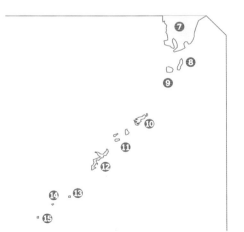

191

國家圖書館出版品預行編目(CIP)資料

いらっしゃいませ!歡迎光臨!日語小食堂：
美食特選單字.TOP人氣料理從和風到洋食
帶您走進美食日語的遊樂園! /
賴巧凌編著. -- 二版. -- 臺北市：笛藤出版, 2024.03
　　面；　　公分
ISBN 978-957-710-915-6(平裝)

1.CST: 日語 2.CST: 詞彙

803.12　　113001842

2024年3月27日 二版1刷 定價330元

編　　　著	賴巧凌
審　　　校	中間多惠
總 編 輯	洪季楨
編　　　輯	陳亭安‧葉雯婷
插　　　畫	小林肉包子(林家蓁)
封 面 設 計	王舒玗
內 頁 設 計	川瀨創意工作室‧王舒玗
編 輯 企 劃	笛藤出版
發 行 所	八方出版股份有限公司
發 行 人	林建仲
地　　　址	台北市中山區長安東路二段171號3樓3室
電　　　話	(02)2777-3682
傳　　　真	(02)2777-3672
總 經 銷	聯合發行股份有限公司
地　　　址	新北市新店區寶橋路235巷6弄6號2樓
電　　　話	(02)2917-8022‧(02)2917-8042
製 版 廠	造極彩色印刷製版股份有限公司
地　　　址	新北市中和區中山路2段340巷36號
電　　　話	(02)2240-0333‧(02)2248-3904
郵 撥 帳 戶	八方出版股份有限公司
郵 撥 帳 號	19809050

♪中日發音MP3

請掃描左方QR code或輸入網址收聽：

https://bit.ly/JPfood

*請注意英文字母大小寫區分
◆日語發聲：深川真樹、久保田由樹子、仁平美穗
◆中文發聲：賴巧凌、常青、張朝欽